당신의 밤은 낮보다 아름답습니다

당신의 밤은 낮보다 아름답습니다

김은희 지음

위시라이프

  평소 마음 작용에 관심이 많았다. 동일한 사건을 어떻게 바라보느냐에 따라 해석이 달라지는 것을 여러 차례 목격했다. 어떤 이에겐 동일한 사건이 도약의 발판이 되는 반면 또 다른 이에겐 끝없는 나락으로 추락하는 대참사가 되기도 한다. "모든 것은 마음먹기 달렸다"는 말처럼 우리 안에서 만들어 내는 생각이 우리 인생을 결정하고 우리가 사는 세계를 선택한다.

  빅터 프랭클은 「죽음의 수용소에서」라는 책을 통해 극한의 나치 수용소에서조차 모든 것을 다 뺏어갈 수 있지만 자신의 태도를 결정하고 자신의 길을 선택할 수 있는 자유만은 뺏어갈 수 없다고 했다. 지금의 내 삶은 나의 생각과 그간의 내적 선택이 만들어 낸 결과물이라 해도 과언이 아닐 것이다. 아무리 힘들고 어려운 환경에 처해 있더라도 불굴의 의지로 자신의 인생을 개척해 눈부시도록 아름답게 만든 사람을 우리는 수도 없이 보았다. 힘든 환경을 핑계 삼아 좌절하고 포기하고 싶어질 때 이 책이 나를 다시 세우고 동기 부여할 수 있도록 도움이 된다면 좋겠다.

  사실 나는 개인적으로 SNS도 하지 않고 나의 생각과 이야기를 타인에게 노출하는 것을 좋아하지 않는다. 말은 아끼면 아낄수록 좋다고 생각하는 사람이다. 불필요한 말로 인해 서로에게 상처가 되기도 하고 괜한 구설에 오를 수도 있기에 불분명하거나 오해의 소지가 있는 말은 삼가는 편이 좋다고 생각한다. 그런 내가 나의 경험을 만천하에 공개하는 에세이를 쓰게 될 줄은 몰랐다. 유방암 투병이라는 인생의 변곡점을 겪지 않았다면 불가능했을 것이다. 인생의 계절이 바뀌었기에 가능했다. 인생의 변곡점을 통과할 때 심리학 분야의 책이 많은 도움이 되었다. 아프고 나서 깨닫게 된 것과 심리학 지식이 접목되면서 이 책이 시작됐다.

인생을 살면서 꽃길만 걸었다면 이 책을 집필할 수 없었을 것이다. 전혀 예상하지도 못했던 역경과 시련을 만났고 좌절하고 절망했다. 포기하고 싶었던 순간도 여러 번 있었다. 젖 먹던 힘을 다해 노력했지만 노력한 만큼 인정받지 못하고 보상받지 못했던 적도 있었다. 그런 경험이 누적되다 보니 억울한 감정도 생겼다. '왜 나는 해도 안 되는 걸까?', '무엇이 잘못일까?' 수많은 불면의 밤을 지새웠다. 그렇게 노력하며 살다 유방암이라는 인생의 변곡점을 맞이하게 되었다. 수많은 시련과 역경을 겪었지만 내가 곧 죽을지도 모른다는 경험을 하게 되자 인생이 송두리째 변했다. 다른 시련이야 죽을 만큼 힘들었지만 이겨내고 극복하면 또 다른 기회가 될 수도 있는 것이었다. 그러나 유방암 진단은 나라는 존재가 영원히 소멸되어 더는 재기할 수 없고 나를 둘러싼 모든 세계가 사라지는 일이었다. 늘 머릿속으로 '우리 모두는 시한부다. 나 역시 마찬가지다'라는 생각을 가지고 살았지만 정작 그 생각이 현실이 되자 휘청 거렸고 공포감이 엄습했다.

영원히 살 수도 없으면서 마치 영원히 살 것처럼 살아온 그간의 삶의 방식이 잘못되었음을 깨달았다. 죽음의 공포로부터 벗어나기 위해 시간이 나면 걸었고 책을 읽었다. 그리고 인생의 변곡점을 통과하며 깨달은 것을 기록으로 남기게 되었다. 오지도 않을 미래를 위해 현재를 희생하며 살아선 안 된다. 살아있는 오늘, 지금 행복해야 한다. 사회적 기대나 시선 때문에 자신을 옭아매고 자기답게 사는 것을 주저해서는 안 된다. 나는 다른 사람의 아바타가 아니다. 내게 필요한 건 다른 사람들의 합리적 의견이 아니다. 때로는 돌아가고 넘어지더라도 진정 가슴 뛰는 삶을 살아야 한다. 이 세상 누구보다 소중한 나 자신에게 충실하게 살아야 한다. 내 삶에 충실하기에도 주어진 시간은 부족하다.

누구에게나 공평하게 고통이 찾아오고 밤이 찾아온다. 고통의 총량은 동일하지만 종류는 다를 수 있다. 그러니 지금 고통과 시련의 터널을 통과하고 있는 분이 계시다면 본인만 겪는 아픔과 고난이라고 생각하지 말아야 한다. 누구라도 겪었고 누구라도 겪을 것이기에 우리 모두는 고난 앞에 평등하다. 아무리 긴 터널이라고 해도 터널은 언젠가는 끝나게 되어 있다. 환한 햇살이 비추는 지점을 조만간 만나게 된다. 밤이 있으면 낮이 있고 음지가 있으면 양지가 있는 법이다. 내리막이 있으면 오르막이 있다. 그러므로 지금 내가 통과하는 계절이 겨울이라고 낙담하고 포기하면 안 된다. 언젠가 봄이 오고 여름이 오고 결실의 가을이 찾아올 것이기 때문이다. 행복은 불행한 외투를 걸치고 다가온다고 한다. 불행한 일인지 알았는데 행복한 일이 되기도 하고 행복한 일이라 생각했는데 불행한 일이 되기도 하는 것이 우리네 삶이다. 한치 앞도 가늠할 수 없고 어떻게 변할지 알 수 없는 것이 인생이다. 그렇기에 인생은 눈부시게 슬프고도 아름답다.

힘겨운 삶이었지만 감사해야 할 분도 많다. 특히 어머니께 감사드린다. 젊은 나이에 혼자 되셔서 일남삼녀나 되는 자식을 키우면서 우여곡절도 많이 겪으셨지만 그런 순간조차 내색하지 않고 역경을 이겨내며 본보기가 되신 어머니께 고마움을 전한다. 부족한 글을 좋은 글이라며 책으로 출간하자고 제안해 주신 위시라이프 출판사 편집장님께도 감사드린다.

2022년 겨울 김은희 씀

차 례

1. 기적을 일으키는
유일한 방법은 시작이다

자기 충족적 예언

　‘자기 충족적 예언(Self-fulfilling prophecy)’이란 잘못된 타인의 기대와 예측, 즉 예언이 어떤 행동을 유발해서 그 예언이 현실화되는 것을 뜻한다. 교육 심리학 분야에서는 ‘로젠탈 효과 (Rosenthal effect)’라고 명명하기도 한다.

　하버드 대학교 사회 심리학과 교수인 로젠탈(Robert Rosenthal)과 초등학교 교장이었던 제이콥슨(Lenore Jacobson)은 미국 샌프란시스코의 한 초등학교에서 실험을 했다. 전교생을 대상으로 지능 검사를 실시한 후 검사 결과와 무관하게 무작위로 20%의 아동을 뽑아 그 명단을 담임교사에게 건네면서 지능 검사 결과 지적 능력과 잠재력이 뛰어난 학생들이라고 말했다. 연구 결과는 놀라웠다. 팔 개월 후 연구대상이었던 아동들의 지능은 처음보다 무려 이십사 점이 올랐으며 학교 성적도 크게 향상되었다. 뿐만 아니라 대인관계에서도 다른 아이들에 비해 뚜렷한 향상을 보였다. 그만큼 교사의 기대와 격려가 중요하다고 볼 수 있다. 교사가 학생에게 거는 기대가 실제로 학생의 성적 향상과 인간관계에 영향을 준다는 사실이 입증된 것이다.

흔히 "말하는 대로 이루어진다"라고 이야기한다. 나 역시도 이런 일을 경험하며 자랐다. 어머니는 어렸을 때부터 늘 나의 태몽에 대해 말씀하셨고 나는 어머니가 말씀하시는 태몽이 마치 미래의 내 모습이 되어야 할 것 같은 사명감을 안고 살았다. 어머니가 하신 말씀을 믿고 학업에 매진하며 노력했다. 자기 세뇌가 부른 힘은 실로 놀라웠다. 어머니의 말씀대로 나는 교육자가 되었다. "말이 씨가 된다"라고 어머니의 말과 믿음에 부응하는 사람이 되었다.

"사람은 모두 자신의 신이다"라는 말이 있다. 나는 이 말을 참 좋아한다. 내가 어려움이나 고난 속에 있을 때 나를 구원할 자는 나 자신이어야 한다고 생각한다. 주변 사람에게 도움을 청할 수도 있겠고 신앙에 의지할 수도 있을 것이다. 그러나 궁극적으로 자신이 빠진 수렁에서 자신을 건져 올리는 건 스스로 할 수밖에 없다. 말을 물가로 데려갈 순 있어도 물을 먹는 건 말이 할 수밖에 없듯이 어려움을 끊어내고 그 고통에서 벗어나는 것은 자신만이 할 수 있다. 주변 사람들은 마음으로 지지하고 응원해줄 뿐이다. 결국 스스로가 자신의 미래의 예언자이기도 하고 구원자이기도 하다.

2016년 리우 올림픽에서 펜싱 에페에 출전한 박상영 선수는 마지막 라운드에서 9 대 14로 한 점만 허용하면 금메달이 무산되는 상황이었다. 그때 그는 주문처럼 '할 수 있다'는 혼잣말을 되뇌며 기적같이 연속 득점을 하여 끝내 15 대 14로 금메달을 목에 걸었다. '할 수 있다'는 혼잣말을 통해 불안하고 긴장된 정서를 해소하고 목표를 향해 나아갈 수 있도록 스스로를 동기화시켜 결국 금메달을 쟁취했다. 혼잣말을 통한 자기 조절이 목표를 달성하게 해주었다. 이처럼 위기의 순간에 자신이 자신에게 하는 기대와 믿음은 종종 기적을 만들어내기도 한다.

믿으면 믿는 대로 된다고 스스로에게 긍정적 기대를 갖는 것이 자신의 삶을 바꿀 수 있음은 두말할 나위 없다. 내가 스스로를 믿고 기대하면서 기적을 만들어 내기도 하지만 나 역시 타인에게 이러한 영향력을 행사할 수 있는 존재다. 앞서 로젠탈 연구에서 교사와 같은 의미 있는 타자의 기대와 격려가 학생들의 학업성취에 영향을 끼치고 나아가 인간관계에까지 영향을 미칠 수 있음을 보았다. 부모나 교사가 내 삶에 영향을 주는 것은 그들의 기대와 예언을 의미 있게 받아들여 그들이 나에게 거는 기대를 믿음으로써 나 스스로의 행동과 태도를 변화시켰기 때문으로 볼 수 있다. 믿으면 믿는 대로 된다는 말이 허언만은 아니다.

옛날에 어떤 사람이 낯선 동네에 이사를 왔다. 이웃에게 떡을 돌리며 물었다. "이 동네 사람들은 어떤가요?" 그러자 그 사람이 되물었다. "당신이 살던 동네 사람들은 어땠나요?" 새로 이사 온 사람이 "예전에 살던 동네 사람들은 불평불만이 많고 이기적인 사람들이어서 함께 살기 힘들었어요"라고 대답했다. "그렇다면 이 동네 사람들도 마찬가지일 겁니다"라고 말하며 문을 닫았다. 얼마 후 또 다른 사람이 이사를 와서 떡을 돌리며 이웃사람에게 물었다. "이 동네 사람들은 어떤가요?" 그러자 이번에도 그 사람은 똑같이 되물었다. "당신이 살던 동네 사람들은 어땠나요?" 그러자 그 사람은 "아주 좋은 사람들이었어요. 서로 돕고 작은 것도 나누며 살았지요"라고 답변했다. "그렇다면 이 동네 사람들도 마찬가지일 겁니다"라고 말했다.

긍정적 관점으로 바라보면 긍정적으로 보이지만 부정적 시각으로 보면 부정적으로만 보일 거라는 이야기다. 그러나 또 다른 관점에서 보자면 내가 이웃에게 어떤 생각과 기대를 가지고 있느냐에 따라 이웃의 행동이나 태도도 달라질 수 있다는 의미이다. 즉 이웃에 대해 내가 가지고 있는 선입견이 나의 행동이나 태도를 변화시키고 그로 인해 이웃의 행동과 태도에 영향을 주어 이웃의 변화를 가져올 수 있다. 따라서 좋은 사람만 만난 사람은 앞으로도 좋은 사람을 만날 확률이 상대적으로 높고 늘 나쁜 사람만 만나온 사람은 앞으로도 좋지 않은 사람을 만날 확률이 높은 것이다. 나의 선입견이, 나의 믿음이, 나의 기대가 보이지 않는 요인으로 작용하기 때문이다.

내가 나 스스로에게 거는 기대와 예측, 믿음이 실현되면서 놀라운 성취를 하기도 한다. 뿐만 아니라 내가 누군가에게 의미 있는 타자의 위치에 있는 사람이라면 말 한마디라도 상대에게 긍정적으로 할 필요가 있다.

긍정적 언어의 힘을 간과해서는 안 된다. 말의 힘을 무시해서는 안 된다. 말은 그 자체로 파동이 되기도 하며 씨앗이 되기도 한다. 특히 부모의 입장이거나 교사인 사람들은 더더욱 그러하다. 가소성이 풍부하고 잠재력이 무한한 어린 시기의 자녀나 학생들에게는 이러한 자기 충족적 예언이 한 사람의 인생을 바꿀 수도 있다.

이 세상 누구보다 소중한 나 자신에게도 혼잣말로 나를 위로하고 격려해 보자. '넌 할 수 있어.' '지금까지 잘 살아왔잖아.' '있는 그대로의 네가 좋아.' '네가 나라서 좋아.' 낯간지러운 말이라도 이 말이 씨가 되어 열매가 열리는 놀라운 기적이 일어날지도 모른다. 그리고 소중한 나의 가족들과 주변인들에게도 따뜻하고 긍정적인 격려의 말을 잊지 말자. 그들의 가능성을 믿어주고 그들이 잘 될 것을 기대하며 따뜻한 말로 격려하자. 누가 아는가. 나의 믿음대로 내 말이 씨가 되어 그들의 인생이 꽃 필지도 모를 일이다.

벼룩 효과

　우리나라 속담에 "뱁새가 황새 따라가다 가랑이 찢어진다"는 말이 있다. 자신의 분수에 맞지 않게 남 따라하다 고생만 한다는 이야기다. 부질없는 욕심을 내다가는 큰코다친다는 말이기도 하다. 예전에 한참 유행했던 말로 "국어를 배웠으면 주제를 알고 산수를 배웠으면 분수를 알라"는 말이 생각나기도 한다.

　그런데 정말 사람에게는 정해진 분수라는 것이 있을까? 뱁새는 영원히 황새처럼 되지 못하는 것일까? 백조가 되길 꿈꾸는 미운 오리 새끼는 망상에 사로잡혀 살다 비참하게 종말을 맞이하는 운명일까?

　나야말로 전형적 뱁새형 인간이다. 우리 집에선 그 누구도 내가 공부하길 기대한 적이 없다. 여자가 공부해봐야 시집도 못 가고 팔자만 사나워진다는 이야기까지 들었다. 방과 후 자율학습을 하는데도 집에 늦게 온다며 자율학습을 하지 말고 빨리 귀가하라고도 했다.

어머니 말씀을 잘 듣는 모범생이었기에 자율학습을 하지 않고 몇 번 일찍 집에 돌아왔더니 담임 선생님이 부르셨다. 혹시 나보고 과외를 받느냐고 물으시는 거였다. 당시 과외가 금지되어 있던 시국이라 일찍 집으로 돌아가는 나를 의심하신 것 같다. 나는 태어나서 과외라곤 받아본 적 없고 공부하는 것에 대해 누구의 지지나 응원을 들어본 적도 없다. 오히려 책상머리에 앉아 있는 나를 못마땅하게 보고 한심해했다. 어머니뿐 아니라 다른 가족들도 모두 공부하는 것에 대해 마뜩지 않아 했다. 대학을 졸업했으면 경제적으로 독립이나 하지 무슨 공부냐고 좋게 보질 않았다. 맞는 말이다. 집안 형편이 그렇게 넉넉한 것도 아니고 아버지가 일찍 돌아가셔서 어머니 홀로 일남삼녀를 키우셨으니 그 힘겨움이 오죽했을까 싶다.

그러니 자라면서 공부하라는 말은 한 번도 들어본 적 없다. 우리 집에서 재수라는 건 없으니 대학 입시에서 떨어지면 그대로 대학을 안 보내주겠다는 협박도 들었다. 다행히도 재수하지 않고 일지망에 합격했기에 무사히 대학을 다닐 수 있었다. 그런데 그게 바로 비극의 서막이었다. 순전히 어머니의 기도 때문에 일지망으로 선택하게 된 실용적 성향이 강한 전공에 운 나쁘게도 덜컥 합격했다. 나로서는 적성에 맞지 않는 과를 사 년이나 다닌 셈이다. 전과를 해볼까, 그만두고 다시 입시 준비를 해볼까 고민도 많았지만 결국 꾸역꾸역 사 년을 다니고 졸업했다.

내가 가고 싶었던 학과는 심리학과나 신문방송학과 쪽이었다. 그도 아니면 국문과 정도. 하지만 내가 원하는 전공은 모두 취업과 연결이 잘 되지 않는 쪽이다 보니 반대가 심했다. 결국 타협안으로 어머니가 새벽기도 다니시면서 응답받았다는 전공을 일지망으로 쓰고 이지망과 삼지망을 내가 원하던 학과로 썼다. 그런데 덜컥 일지망에 붙었으니 착잡했다. 대학을 다닐 수 있게 된 것은 감사했으나 나와는 애당초 맞지 않는 전공이었으니 심사가 불편하기도 했다. 더 환장할 일은 미련하게 그 맞지 않는 전공을 계속 공부해서 석사학위를 받고 박사학위까지 받았다는 사실이다.

적성에 맞지 않는 전공임에도 석사과정과 박사과정을 잘 버틸 수 있었던 이유는 뭘까? 생각해 보니 학부 과정에서는 교사 양성을 위한 실무 위주의 수업이 진행되지만 석사와 박사 과정은 학문 중심으로 수업이 진행되는데다 사범대학 계열이다 보니 인간에 대한 기본적 탐구가 포함되기 때문인 것 같다.

실제로 교육심리학이나 인간발달 이론 등을 주로 배우기 때문에 기대보다 전공이 재밌기까지 했다. 그래서 꾸준히 공부할 수 있었다. 내가 대학원 석사과정에 진학하겠다고 하자 집안 식구들이 모두 시집 못 간다고 만류했다. 지금 생각해 보면 너무나 황당한 이유였다. 결혼해 살기보다 싱글로 자유롭게 사는 것이 더 맞는 사람도 있지 않은가. 경제적 독립은 필수지만 결혼은 개인의 선택일 뿐인데 이를 강요한다는 발상 자체가 무리라고 여겨진다. 그런데 나는 청개구리형 인간이라 오히려 그런 자극적인 말을 들으면 더 오기가 생겼다.

"안 되면 되게 만들면 되지." "He can do. She can do. Why not me?(그도 하고 그녀도 하는데 왜 나라고 못하겠어?)"

이런 생각이 들었다. 이 말은 나의 좌우명이다. 어려운 일과 맞닥뜨릴 때면 늘 나에게 읊조리는 말이기도 하다.

대학에 들어가고부터는 학비는 도움을 받았지만 용돈은 단 한 번도 받아본 적 없다. 과외로 용돈을 충당했다. 심지어 저축까지 할 수 있었다. 박사과정부터는 학비 도움 없이 내가 할 수밖에 없었다. 주야로 강의를 하고 연구 조교도 하면서 등록금과 제반 비용을 충당할 수밖에 없었다. 똥고집과 똥배짱으로 밀어붙인 덕에 공부할 수 있었다. 후회하냐고? 전혀 후회하지 않는다. 공부라도 할 수 있었기에 감사할 뿐이다.

다시 돌아가서 선택의 기로에 놓인다고 해도 나는 공부하는 쪽을 선택할 거다. 물론 전공 선택도 양보하지 않고 나에게 맞는 전공을 선택하고 싶다. 결국은 돌아돌아 내가 가고 싶은 쪽으로 가고 있는 중이니까. 그렇지만 그 모든 과정을 거치면서 단단해질 수 있었으니 시간낭비라고 생각하진 않는다. 지난한 과정에 대해 후회하지도 않는다.

심리학에서는 무의식적으로 낮은 목표를 설정하여 자신의 능력을 스스로 제한하는 현상을 '벼룩 효과(Flea effect)'라고 한다. 벼룩은 강한 뒷다리 덕분에 가볍게 일 미터 넘게 점프할 수 있다. 그런데 일 미터 높이의 통에 담아 투명한 뚜껑을 덮어놓으면 그 높이를 자신의 한계로 설정한다는 것이다. 뚜껑을 열어놓아도 벼룩은 통 밖으로 나오질 못한다. 마음껏 뛰어올라 통 밖으로 나올 수 있는데도 스스로가 일 미터를 자신의 한계로 정했기 때문에 보다 높이 뛰어오르지 못한다는 것이다. 벼룩만이 아니라 사람에게도 이러한 현상은 동일하게 적용된다. 능력이 부족해서 성공하지 못하는 것이 아니라 자신의 잠재 능력에 스스로 제한을 두고 한계를 두기 때문에 성공하지 못하는 것이다.

박사학위를 취득하는 것이 성공이라고는 생각지 않는다. 다만 나는 박사학위를 받고 싶었다. 하고 싶은 일을 할 수 있는 것이 성공이라 생각할 뿐이다. 만약 내가 주변의 말을 듣고 '나 같은 뱁새가 황새 따라가다 가랑이 찢어지면 어떡해? 허황된 꿈을 꾸다 큰코다치지. 분수를 알아야지'와 같이 행동했다면 박사학위 취득이라는 소망을 실현하는 것은 불가능했을 것이다.

내가 염원하고 꿈꾸던 일을 타인 때문에 평생 도전해 보지도 못하고 포기할 수 있었다. 엄밀히 말하면 타인 때문이 아니다. 바로 나 자신 때문이다. 나 스스로 그 말을 그대로 믿고 수용해 자신의 능력을 한계 지어 시도조차 하지 못했을 것이다. 타인은 나에 대해 잘 모르니 그럴 수 있다고 생각한다. 그러나 적어도 나 자신만큼은 나의 편이 되어야 한다. 내 편이 되어야 할 나 스스로가 나에게 가장 혹독한 비평가가 되어 스스로의 무한한 능력을 제한해서는 안 된다.

　우리 모두는 벼룩처럼 일 미터가 넘는 높이를 뛰어오를 수 있는 존재다. 그런데 스스로 일 미터라는 한계를 지어 그 안에서만 살려고 한다. 내가 만든 그 안락지대에서 숨죽여 편안하게만 살려고 한다. 이제 그 안락지대에서 뛰쳐나와 평소 하고 싶었던 일들에 도전하며 가슴 뛰는 삶을 살아보는 것은 어떨까. 인생은 생각보다 짧을 수 있다. 바로 지금 시작해 보는 건 어떨까 한다. "He can do. She can do. Why not me?(그도 하고 그녀도 하는데 왜 나라고 못하겠어?)"

기적을 만드는 유일한 방법

기적을 만드는 유일한 방법은 바로 '시작'하는 것이다. 피터 홀린스(Peter Hollins)의 「어웨이크」를 읽어 보면 "시작은 기적을 일으키는 유일한 방법이다"라는 구절이 나온다. 노자의 「도덕경」에도 "천릿길도 한 걸음부터 시작한다"는 고사성어가 나온다. 아무리 큰 일이라도 첫 시작은 작은 일에서 비롯된다는 의미다. 아리스토텔레스(Aristotle)가 남긴 명언 중에도 "시작이 반이다(Well begun is half done)"라는 말이 있다. 처음에 시작하기가 어렵지 일단 시작하면 끝마치기는 어렵지 않다는 뜻이다.

세상을 살아가면서 한 번도 넘어져본 적 없는 사람이 있을까? 누구라도 걸음마를 배우면서 분명 넘어졌을 것이다. 운전을 한다면 초보 운전 시절이 있었을 것이다. 무언가를 처음 시작해 어려움에 빠졌을 수도 있다. 계속해서 무언가를 오랫동안 해왔지만 정체기가 찾아와 하루하루가 답답한 상황일 수도 있다. 답보상태가 지속되어 도무지 앞으로 나아갈 기미가 보이지 않아 포기 직전인 사람도 있을 것이다. 억울한 일을 당해 살아갈 의지가 꺾이고 지친 사람도 있을 것이다. 세상이 마음대로 우리에게 고약한 굴레를 씌우고 상처를 입혀도 그걸 벗어나는 것은 세상이 해주지 않는다. 나 스스로가 해야 한다. 내가 왜 이런 처지에 놓였는지 아무리 핑계를 대고 변명을 해도 해결되지 않는다. 달라지는 것은 없다.

지금의 상황에서 벗어나는 유일한 방법은 지금 바로 시작하는 것이다. "천릿길도 한 걸음부터"라는 말처럼 두려워도 첫 발을 내디뎌야 한다. 변화를 바라고 기적을 꿈꾼다면 시작해야 한다. 그러면 언젠가는 달라질 수 있다. 변화될 수 있다.

나는 누군가에게 내 생각이나 의견을 드러내는 걸 극도로 싫어하는 사람 중 한 명이었다. 현대인이라면 누구나 한다는 SNS조차 하질 않는다. 유일하게 하는 것이 있다면 카카오톡이다. 카카오톡도 사회적 모임에 소속되어 있다 보니 어쩔 수 없이 하게 된 것이지 자발적으로 시작한 것은 아니었다. 그런 내가 내 생각을 드러내고 내 경험까지 타인과 공유하는 글쓰기를 할 수 있으리라곤 상상도 못했다.

만약 글쓰기를 한다면 논문을 쓴 경험이 있으니 한 주제에 대해 심층적으로 자료 조사를 해서 기술하는 지식 전달 책을 집필하려는 생각이었다. 나의 개인적 경험을 만천하에 공개하는 에세이를 쓰리라고는 상상도 못 했다. 유방암이라는 터닝 포인트를 만나지 못했다면 내가 <브런치> 작가가 되는 일 따위는 일어나지 않았을 것이다. 내 경우는 작가라는 타이틀을 붙이기도 낯간지럽다. 출간 작가도 아니고 일기나 학술논문, 모니터 보고서를 제외하곤 글을 써본 적이 없다. 독자에게 노출되는 글을 쓴 경험도 <브런치>가 처음이다. 그러다 보니 스스로를 작가라고 생각해본 적이 없다.

　2021년 연말에 <브런치>로부터 브런치 작가 카드를 발급받고 신기했다. '나 따위가 작가라고?' 겸연쩍어 피식 웃음이 새어나왔다. 아직까진 부족하고 미흡한 글쓰기이지만 일단 작가로 도전했고 시작했기 때문에 작가가 될 수 있었고 소중한 구독자들도 만날 수 있었다. 이 모든 것들은 시작이 만들어 낸 기적이다. 만약 시작하지 않았다면, 시도하지 않았다면 아무 일도 일어나지 않았을 것이다.

　무슨 일을 시작하는 데 있어 완벽히 준비된 상황은 존재하지 않는다. 무언가를 시작하기엔 아직 부족한 것 같고 혹여 실패할까 두려운 마음이 시작을 방해할 수 있다. 그러나 분명 기억할 것이 있다. 아무것도 하지 않으면 아무 일도 일어나지 않는다는 것이다. 내 인생에 기적이 필요하다면 시작해야 한다. 내 인생에 변화가 필요하다면 무언가를 새롭게 시작해야 한다. 아무것도 하지 않고 앉은 자리에 그대로 앉아 있으면 달라지는 건 아무것도 없다. 기적이 필요하다면 나 스스로 기적을 만들어야 한다. 변명과 핑계만으로 달라지는 것은 아무것도 없다. 그 어떠한 것도 해결할 수 없다.

칭찬의 민낯

"칭찬은 고래도 춤추게 한다"는 말이 있을 정도로 칭찬의 긍정적 영향력은 매우 크다. 실제로 한때 「칭찬은 고래도 춤추게 한다」는 책이 베스트셀러가 되면서 대한민국에 칭찬 열풍을 몰고 온 적도 있다.

누구라도 칭찬을 듣거나 보상을 받으면 기분이 좋아진다. 마치 달달한 사탕이나 초콜릿을 입 안 가득 머금은 것처럼 기분 좋은 느낌이 든다. 사람이 살아가는 데 있어 필요한 것 중 인정과 칭찬의 욕구만큼이나 사람을 달뜨게 만들고 기분 좋게 만드는 것도 없을 것이다. 오죽하면 사람이 성공하고자 하는 이유도 사랑받고 싶고 인정받고 싶어서라고 할까? 그런데 고래까지 춤추게 만드는 칭찬이 과연 좋기만 한 것일까?

미국의 한적한 마을에 한 노인이 살고 있었다. 그 노인은 조용한 전원주택에서 자연과 벗 삼으며 한가롭게 노후를 보내고 싶었다. 그런데 그 노인의 로망을 실현시키는 데 장애물이 등장했다. 어느 날부터인가 집 앞 공터에서 아이들이 뛰어놀기 시작한 것이다. 다른 곳으로 가서 놀라고 회유도 해보고 시끄럽다고 화도 내보았지만 뾰족한 방법이 없었다.

자연과 벗하며 조용하고 한가로운 전원생활을 꿈꾸었는데 아이들의 소음과 함께 시작되는 하루는 노인에겐 지옥처럼 느껴졌다. 며칠을 고민하다 노인이 꾀를 내었다. 아이들에게 삼십 센트를 건네면서 "너희들이 이곳에 와서 놀아주니 활기가 생겼어. 내일도 여기 와서 놀아준다면 고마울 거야"라고 했다. 아이들은 노는 것만도 재미있는데 뜻밖의 돈까지 받자 신나서 매우 즐거워했다. 다음날도 아이들이 와서 재미있게 놀자 노인이 나타나 이십 센트씩 돈을 주었다. 어제는 삼십 센트를 받았는데 오늘은 이십 센트를 받게 되자 아이들은 조금 실망한 눈치였다. 그래도 그 다음날 또 아이들이 몰려와 떠들고 장난치며 놀았다. 이번엔 노인이 십 센트를 주었다. 다음날엔 아이들이 몰려와서 놀아도 노인은 집 밖으로 나오지 않았고 아이들은 한 푼도 받을 수 없었다. 그러자 아이들은 화가 나서 한 푼도 안 받고는 놀 수 없다며 두 번 다시 노인의 집 앞 공터에서 놀지 않았다는 이야기다.

아이들의 놀이는 즐거움이라는 내재적 동기에 의해 시작된 것인데 이를 금전적 보상이라는 외재적 동기로 바꾸어 놓자 순수한 즐거움을 추구하던 놀이가 금전적 대가를 바라는 일이 되어버린 것이다. 결국 더 이상의 금전적 보상이 따르지 않는 놀이에 흥미를 잃고 동기마저 상실한 것이다.

이처럼 순수한 내적 동기에 의해 시작한 일에 칭찬이나 선물, 스티커 등의 외적 보상을 하게 되면 결국 나중에는 순수한 자발적 동기는 사라지고 외적 보상을 받기 위해 하는 일로 전락하게 된다.

나 역시도 이런 일을 경험한 적이 있다. 평소에 TV를 그다지 많이 보지는 않았지만 그래도 보고 싶은 프로그램들은 꼭 챙겨보는 편이었다. 어느 날 TV 시청자 모니터를 모집한다는 공고를 보고 응시했다가 덜컥 합격하게 되었다. 나중에 알게 된 사실이지만 TV 시청자 모니터는 주부들 사이의 언론고시로 불린다고 한다. 시청자 모니터 양성을 위한 학원까지 있다고 한다. 나 역시 몇백 대 일이 넘는 경쟁률을 뚫고 합격했다. 굳이 돈을 받지 않아도 흥미나 호기심 혹은 필요에 의해 보고 싶은 TV 프로그램은 시청하는데 짧은 시청 보고서만 작성하면 돈까지 준다고 하니 '꿩 먹고 알 먹고' 식의 부업이라고 생각했다.

처음엔 신이 나서 열정적으로 보고서를 작성했다. 'TV 보는데 돈까지 받다니 뭐 이런 신세계가 있나' 싶었다. 그런데 얼마 가지 못해 TV 시청 자체가 고되고 힘든 일이 되어 버렸다. 아이러니하게도 시청자 모니터를 하기 전의 시청 시간보다 모니터를 하면서부터는 TV 시청 시간이 현저히 줄었다. 내가 보고서를 써야 하는 담당 프로그램 외에는 아예 보지 않게 되었다. TV 시청 자체가 더 이상 즐겁지 않았으며 벗어나고 싶은 일이 되어버렸다.

스스로 원해서 자발적으로 하는 일은 즐겁지만 누군가의 강요에 의해 요구된 일을 하는 것은 썩 유쾌하진 않다. 공부하려고 마음먹고 책상에 앉으려고 하는데 부모님이 공부하라는 잔소리를 한다면 아마도 공부하고 싶은 마음이 사라질 것이다. 공부는 자신이 인생을 살아가는 데 유익하기 때문에 스스로 하는 것인데 '너 이번에 성적 올라가면 최신형 태블릿 사줄게', '이번 시험 잘 보면 최신 핸드폰 사줄게'와 같은 외적 보상을 약속하게 되면 학문하는 즐거움은 사라지고 오로지 외적 보상을 받기 위한 것이 돼버린다. 주객이 전도되는 것이다.

나는 자라면서 어머니에게 공부하라는 말을 단 한 번도 들어본 적이 없다. 어머니 홀로 일남삼녀나 되는 자식들을 뒷바라지하고 키우셨으니 어머니 입장에서는 그저 건강하게 자라서 자기 밥벌이나 하면서 사람 구실하며 살기를 바라셨던 것 같다. 굳이 공부까지 잘하길 기대하시진 않았다. 만약 친구들 부모님처럼 성적에 대해 압박을 가하고 기대를 했다면 숨이 막혀 공부랑 친하게 지내지 않았을지도 모르겠다.

아직도 뭔가를 배우고 공부하는 일은 즐겁다. 아무래도 어머니가 나의 내적 동기를 보상이라는 외적 동기로 변질시키지 않고 오히려 내적 동기를 강화시켜 주셨기 때문이라는 생각도 든다. 사람이 참 이상한 게 하지 말라고 하면 더 하고 싶어지는 묘한 심리가 있다. 그때 어머니가 '우리 딸 기특하기도 하지. 더 열심히 공부하면 엄마가 마이마이 카세트 플레이어 사줄게'라고 하셨다면 어땠을까. 아마도 마이마이를 받기 위해 그 순간은 열심히 했겠지만 마이마이를 받은 이후에는 공부에 대한 즐거움을 잃어버리지 않았을까. '오히려 공부는 너 자신을 위해 하는 거지 나랑은 아무 상관없다'는 무심한 태도를 견지하셨기에 내적 동기가 공고해질 수 있었던 것 같다. 그러면서도 큰 그림으로 태몽 이야길 해주시면서 비전을 제시해 주셨기에 공부할 수 있었다는 생각도 든다.

달콤한 칭찬이나 보상은 사막의 오아시스처럼 느껴질 수도 있지만 얼마 가지 못한다. 곧 그보다 더 큰 보상이나 칭찬을 듣기 위해 속박되고 조종당할 수도 있다.

칭찬이나 외적 보상은 순수한 내재적 동기를 외적 동기로 변화시켜 목적이 수단이 되어버려 주객이 전도되는 상황을 유발한다. 배우고 공부하는 즐거움이라는 내재적 동기가 수단이 되고 최신형 태블릿이 목적이 되도록 만든다. 그렇게 되면 최신형 태블릿보다 더 큰 외적 보상이 없다면 공부하지 않게 되고 점점 더 공부와는 멀어지게 된다. 아이들이 순수하게 재미로 놀았던 놀이가 돈 받고 하는 행위, 즉 일이 되어버린 것처럼 변질되는 것이다.

이러한 칭찬의 역기능 이외에도 또 다른 문제점으로 제시되는 것이 있다. 칭찬은 타인에게 의지하게 만들며 수동적으로 움직이도록 하는 면이 있어 의타심을 조장할 수 있다. 뿐만 아니라 타인에 대한 의존성을 높여 타인의 의도대로 움직이거나 조종당하고 통제될 수 있다. 게다가 결과 위주의 칭찬을 듣게 되면 그 칭찬을 지속적으로 듣기 위해 부정행위를 해서라도 똑똑하다는 사실을 입증하려 할 수도 있다. 예쁘다는 칭찬을 들었던 사람이라면 어떠한 위험한 수술을 하더라도 예쁘게 보이기만 하면 상관없다고 생각하게 될지도 모른다.

이처럼 칭찬에는 순기능만 아니라 역기능도 존재한다. 그러나 칭찬이 가진 순기능 역시 무시할 순 없다. 칭찬은 자신감을 상승시켜 주고 긍정적 정서를 갖게 하여 진취적이고 적극적 태도를 갖도록 만드는 장점이 있다. 비판보다 칭찬을 들으면 더 힘이 나고 즐거운 정서를 수반하게 되는 것은 틀림없는 사실이다.

고래까지 춤출 정도의 칭찬이지만 역기능도 존재함을 알고 '양날의 검'처럼 조심해서 다룰 필요가 있다. 특히 자신이 누군가를 돌보고 보살펴야 하는 입장에 있는 사람이라면 더욱 칭찬에 조심할 필요가 있다. 부모나 선생님이나 직장상사의 입장이라면 더 그러하다. 내가 어떠한 칭찬을 하느냐에 따라 칭찬을 듣게 되는 상대방에게 많은 영향을 줄 수 있기 때문이다.

초심자의 시간

　누구에게나 처음의 순간은 있다. 무엇을 해도 어설프고 서툴기만한 그 시기를 견뎌내야만 어느 정도 익숙한 중급자가 될 수 있다. 매너리즘에 빠질 수도 있고 더 이상 발전하는 것이 보이지 않아 정체된 듯 답답해 보이는 그 중급자의 시기를 버텨야만 전문성을 갖춘 숙련자가 될 수 있다. 하는 일마다 눈치 없이 망쳐버려 망신스럽고 자꾸 엉뚱한 일만 저지르는 것 같은 그 시기를 거쳐야 비로소 전문가가 될 수 있다.

　초보시절에는 민폐덩어리인 자신을 용납하기 힘들지도 모른다. 열심히 하려고 할수록 사건만 저지르는 나를 수용하기 힘들지도 모른다. 그러나 자신이 원하고 바란다고 해서 초심자의 시간을 건너뛰어 바로 전문가가 될 수는 없다. 하다못해 운전을 배우고 익히는 과정에서도 이런 규칙은 예외 없이 적용된다.

나의 초보 운전 시절도 마찬가지였다. 운전면허를 취득하고 도로 연수도 마쳤지만 어느 누구도 내가 운전하는 차를 타려고 하지 않았다. 식구들 모두 한사코 타지 않으려고 눈치보기 바빴다. 그러다 운 나쁘게 내가 운전하는 차를 타게 되면 운전석 옆자리인 보조석은 극구 사양하고 다들 뒷자리에만 타려고 했다. 그리곤 손이 빨개지도록 손잡이를 꽉 잡고 천천히 가라는 말만 되풀이하면서 불안해했다. 공포에 질린 가족들의 얼굴을 확인하고는 차마 못할 짓이라 생각해 더 이상 내 차에 시승하기를 권하지 않았다.

우리 가족 중 유일한 예외는 작은언니였다. 작은언니만은 보조석에 타서 불안하게 운전하는 내 모습을 무한 신뢰한다는 듯 느긋하게 기다려 주었다. 그러다 보니 도로 주행을 갈 때마다 작은언니는 단골손님이 되었다. 당시 언니는 운전면허도 없었고 차에 대해 나보다 더 몰랐던 사람이었다. 작은형부는 일을 해야 했기 때문에 직접 도로 연수를 해줄 형편은 되지 못했다. 그게 미안했는지 작은언니에게 사람이 없는 한적한 길을 알려주었다. 형부가 알려준 도로는 너무 좁아 차량 두 대가 통과하기도 힘들었다. 그 길보다 고속도로를 주행하는 편이 훨씬 더 쉬웠다.

한 번은 형부가 알려준 한적하고 좁은 도로를 통과하고 있는데 앞쪽에서 차량 한 대가 마주 오고 있었다. 서로 양보해야 간신히 통과할 수 있었는데 아스팔트로 포장된 도로폭이 워낙 좁아 잘못하면 고랑으로 앞바퀴가 빠질 수도 있는 위험한 상황이었다. 아니나 다를까 우려했던 상황이 그대로 재현되었다. 마주 오던 차가 클랙슨을 울리며 재촉하자 어떻게든 비켜줘야겠다는 생각에 과도하게 우측으로 핸들을 꺾는 바람에 앞바퀴가 고랑에 빠지고 말았다.

그 상황에서 어떻게든 벗어나려고 언니가 나가서 차를 들고 내가 액셀러레이터를 밟아 차를 원위치시키려 했지만 힘없는 여자 둘이서 용써봐야 되지 않았다. 다행히 얼마 떨어지지 않은 곳에 구멍가게가 있었고 언니가 그곳에 가서 사이다를 몇 병 사들고 근처에서 일하고 있던 남자분들에게 사이다를 권하며 좀 도와달라고 했다. 그분들은 견인차를 불러야지 사람이 할 수 없다고 했지만 연신 부탁했더니 사정이 딱해 보였는지 감사하게도 도와주었고 간신히 탈출할 수 있었다.

그후에는 도로 폭이 좁은 도로에는 가지 않았다. 대신 당시 살던 집 근처에 공원이 있어 공원에 가서 주차 연습도 하고 운전 연습도 했다. 그날도 공원에서 차가 다닐 수 있도록 정해진 구역만 직진해서 운전했다. 그러다 더 이상 차로는 진입할 수 없는 가드레일로 막아놓은 막다른 도로에 다다르게 되었다. 당시 주차는커녕 후진도 잘하지 못하던 나에게는 큰 난관이었다. 후진해서 나오다 차를 돌릴 수 있는 넓은 공간에서 차를 돌려 빠져나와야 하는데 오직 직진만 할 줄 아는 상황에서 무모하게 차를 끌고 나왔으니 오도 가도 못하게 되었다. 옆자리에 동승한

작은언니와 함께 끙끙대며 가드레일을 열심히 밀었지만 장정 몇 명이 달라붙어도 꼼짝하지 않는 가드레일이 움직일 리 만무했다. 결국 공원을 순찰하던 관리인에게 부탁드려 후진을 해서 겨우 집으로 돌아올 수 있었다.

지금에야 웃으며 이야기할 수 있는 추억이 되었지만 당시 그 과정을 겪었던 나는 좌절하고 실망할 수밖에 없었다. 그 순간을 이겨내지 못했다면 기껏 취득한 운전면허가 장롱면허로 전락했을 것이다. 아무 잘못도 하지 않고 그저 동생이 연수하는 옆 좌석에 동승했을 뿐인데 작은언니에게 자동차를 들라고 하질 않나, 가드레일을 밀라고 하질 않나, 정말 나 같은 동생이 있다면 상대하고 싶지 않을 것 같다. 그래도 무던하고 착한 성품의 작은언니는 싫은 내색도 없이 위기에 처할 때마다 도움을 주려고 했다. 정말 고마운 사람이다.

초심자로서 서툴고 어설픈 시간을 겪어야 한다면 자신만 겪는 순간이 아님을 기억하면 좋겠다. 지금은 너무나 익숙해 그런 초보시절이 있었다고는 상상도 할 수 없는 사람조차 초심자의 시간을 보냈다는 사실을 기억하길 바란다.

한 번도 넘어지지 않고 자전거를 배우는 사람은 없다. 초심자의 시간을 보내는 그 순간에도 잘 살펴보면 도와주려는 손길을 발견할 수 있을지 모른다. 내가 초보 운전자일 때 도움의 손을 내밀어준 작은언니처럼 함께 가자며 도움의 손을 내밀어줄 누군가 있을지도 모른다. 혹여 주변으로부터 아무런 도움을 받을 수 없을지라도 이 사실만큼은 꼭 기억하길 바란다. 초심자의 시간 없이 전문가가 된 사람은 아무도 없다는 것이다.

　우리들은 지나치게 완벽해야 한다는 강박관념 속에 살고 있다. 그러다 보니 나의 서툴고 부족한 부분을 인정하기 힘들어한다. 초보자라면 통과의례처럼 견뎌야 하는 실수투성이의 시간조차 버텨내지 못한다. 이러한 좌절의 시간을 겪어내는 것 자체를 힘겨워한다. 누구라도 초심자의 시간을 견뎌 지금의 자리에 있는 것이지 처음부터 완벽하게 모든 일을 잘 해내는 능력자는 없다.

　나약함과 취약함을 느낀다는 것 자체가 살아있다는 증거이자 발전하고 있다는 반증이다. 불완전하고 취약한 초심자로 살고 있지만 그래도 나는 사랑받을 가치가 있고 지금의 모습으로도 충분하다는 사실을 받아들이자. 누구라도 초심자의 시간을 거치지 않고 숙련가가 되진 못한다. 자신의 나약함과 취약함에 대해 고민하면서 점점 더 단단해지는 것이다. 물론 전문가가 되었다고 모든 것에 있어 완벽하진 않다. 불완전한 인간에게 완벽이란 불가능한 도전일지도 모른다. 완벽하다고 행복한 것도 아니고 나약하거나 취약하다고 해서 불행한 것도 아니다.

　지금 이대로의 나를 받아들이고 불완전한 나를 따뜻한 시선으로 바라볼 수 있다면 초심자의 시간을 견뎌내는 것이 한결 수월할지 모른다. 당신은 그 어떤 상태에서도 사랑받을 충분한 자격이 있다.

꾸준함이 탁월함이다: 베르나르 효과

'베르나르 효과'란 끈기 있는 사람만이 종착지에 도달할 수 있다는 뜻으로 꾸준함이 재능을 능가할 수 있다는 말이다. 우물을 팠지만 물이 나오지 않아 여기저기 옮겨 다니면서 깊은 우물만 여러 차례 파다가 끝내 실패한 사람의 이야기는 많이 들어보았을 것이다. 그런데 아쉬운 것은 그가 우물을 팠던 지역 모두에서 물이 나왔다는 것이다. 조금만 더 우물을 팠더라면 성공했을 텐데 거의 다 가서 포기하는 바람에 끝내 물이 나오는 것을 보지 못한 것이다.

우리 속담에 "우물을 파도 한 우물을 파라"는 말이 있다. 무슨 일이든 한 가지 일을 꾸준히 해야 이룰 수 있다는 말이다. 최근에는 "한 우물만 깊게 파다가는 하나밖에 모르는 바보가 된다"거나 "한 우물만 깊게 파다가는 그 우물에 빠져 죽는다"는 말로 변형되어 쓰인다고 한다. 시대가 변했으니 옛 속담도 시대에 맞게 변화되어 적용되는 것 같다. 다원화와 다양성이 중요해진 국제화 시대에는 한 우물만 파는 것이 무리일 수 있다.

그러나 "로마는 하루아침에 이루어지지 않았다(Rome was not built in a day)"라고 꾸준히 노력하다 보면 언젠가 원하던 목표를 이룰 수 있고 성취에 도달하게 된다. 무엇인가를 꾸준하게 하는 것도 하나의 재능이다. 꾸준함에서 탁월함이 생기기도 한다. 꾸준히 계속하다 보면 도약의 순간이 찾아온다. 완만하게 실력이 늘어나는 것이 아니라 끝날 것 같지 않은 정체기를 지나 갑자기 계단을 점프해 뛰어오르듯 비약적으로 발전하는 순간이 온다.

한 번이라도 다이어트에 도전해본 사람이라면 알 수 있다. 아무리 식이조절을 하고 운동을 해도 한동안은 살이 잘 빠지지 않는다. 그러다 어느 순간이 되면 살이 빠지기 시작한다. 그러다 다시 정체기가 오고 꾸준히 지속하다 보면 다시 살이 빠진다.

다이어트만이 아니라 무언가를 배울 때도 마찬가지다. 처음 새로운 것을 배우기 시작할 때는 그 분야의 전문 용어조차 혼동되고 혼란스럽다. 그러나 꾸준히 계속해 공부하다 보면 전문 용어나 자주 등장하는 학자들의 주장이 무엇인지 입에 붙게 되고 익숙해진다. 그러면서 보다 심화된 내용까지 학습할 준비를 갖추게 된다.

처음에는 걷는 것만도 벅차고 힘들지만 꾸준히 걷다 보면 이내 걷기가 익숙해진다. 걷기가 익숙해진다는 것은 특별한 주의나 노력을 기울이지 않고도 무의식적으로 능숙하게 걷기를 할수 있게 된다는 것이다. 즉 '자동화(automatization)'되는 것이다. 걷기가 익숙해지면 정보 처리에 사용할 에너지가 감소되기 때문에 동시에 걸으면서 여러 가지를 처리할 수 있다. 걸으면서 커피도 마실 수 있고 대화도 나눌 수 있게 된다.

처음 무언가를 배울 때는 모든 것이 낯설고 생소하기 때문에 뇌에서 정보 처리하는 과정에 많은 에너지가 소모된다. 그러나 숙달되고 익숙해지면 에너지 소모량이 감소하면서 보다 많은 새로운 정보를 처리할 수 있는 여유가 생기게 된다. 계속 반복되었던 개념은 많은 주의를 기울이지 않아도 저절로 사용할 수 있게 되며 새로운 무언가를 심화 학습할 수 있는 여력이 생긴다. 이렇듯 뇌과학에서도 무언가를 꾸준히 지속하게 되면 '자동화'되어 숙달될 수 있음을 시사하고 있다.

처음 우물을 파기 시작할 때는 다른 사람에 비해 뒤처지고 한심해 보이는 자신과 대면할 수 있다. 내가 파기 시작한 우물에서 물이 나오리라는 보장도 없는데 헛고생만 하는 것은 아닌지 의구심이 들기도 한다. 내가 불확실한 우물을 파는 동안 다른 사람들은 저만큼 앞서 가는 것 같아 초조해지기까지 한다. 무능하고 초라한 자신을 지켜보아야 하는 것이 힘들 수도 있다. 그러나 끝까지 포기하지 않고 꾸준하게 버텨내다 보면 비약적 도약의 순간과 마주할 수 있다.

제대로 걷지도 못하던 그 시기를 지나 꾸준히 지속하다 보면 드디어 걸을 수 있게 된다. 걷기가 숙달되고 익숙해지면 걷기와 동시에 다른 것도 능숙하게 할 수 있다. 걸으면서 물도 마시고 대화도 나눌 수 있는 비약적 진보의 순간이 찾아온다.

중요한 것은 넘어졌을 때이다. 넘어지는 것 자체는 두려운 것이 아니다. 넘어진 이후에 곧바로 다시 일어설 수 있느냐 없느냐가 걸을 수 있느냐 없느냐를 판가름한다. 넘어져도 쓰러져도 다시 일어설 수 있는 맷집이야말로 성공의 열쇠다. 다시 일어서서 꾸준히 계속하는 것이야말로 성공의 비결이다. 고사성어에 칠전팔기(七顚八起)라는 말이 있다. 일곱 번 넘어져도 여덟 번 일어선다는 뜻으로 여러 번 실패를 거듭해도 굴하지 않고 꾸준히 노력한다는 의미다. 실제로 우리나라에도 사전오기(四顚五起)의 신화를 만들어낸 홍수환 선수가 있다. 1977년 파나마에서 열린 세계복싱협회(WBA) 주니어페더급 초대 타이틀 결정전에 출전한 홍수환 선수는 네 번이나 다운되어 넘어졌다. 네 번이나 쓰러졌으면 포기할 법도 한데 포기하지 않고 다시 일어섰다. 다시 일어나 상대 선수를 마침내 KO로 이기고 사전오기의 신화를 만들어냈다. 1977년 당시 가난하고 가진 것 없던 국민들에게 '할 수 있다'는 자신감과 희망을 안겨준 승전보였다.

우물을 파다 보면 힘든 날도 만나고 물이 나오지 않아 초조하고 포기하고 싶은 순간도 맞닥뜨린다. 포기하지 않고 다시 일어나서 꾸준히 계속하다 보면 누구라도 익숙해지고 탁월해질 수 있다. 한심하고 초라해 보이는 자신을 버텨내고 꾸준히 지속하는 힘이야말로 가장 큰 재능일 수 있다. 운도 자신이 만든다고 한다. 운이란 끊임없는 시도와 꾸준함에서 나온다고 한다. 그만큼 꾸준히 끈기 있게 지속하는 것이 중요하다는 의미일 것이다. 목표한 것이나 계획한 것이 있다면 꾸준히 지속해보자. 안 되면 될 때까지 계속한다면 실패란 없다. 무엇이건 이룰 수 있다. 다만 될 때까지 하는 꾸준함이 필요할 뿐이다. 그러므로 꾸준함이야말로 가장 큰 재능이며 탁월함이라 할 만하다.

고독도 능력이다

"인간은 사회적 동물이다"라는 아리스토텔레스의 말도 있듯이 인간은 사회를 구성하며 진화해 살아남은 생명체다. 꿀벌이나 개미, 원숭이 역시 사회를 구성하며 진화해온 것처럼 우리 인간도 사회를 떠나 생존할 수 없는 존재다. 그러므로 자연스럽게 함께 어울리고 서로 도우며 살아가는 것이 진화론적 입장에서 자연스러운 생존 전략이자 생존 방식이었다. 그런데 고독하고 혼자 있어야 한다는 건 생존에 상당히 불리한 상황이다. 그러한 상태를 견뎌 내야 한다는 것 자체가 스트레스로 작용할 수 있다.

사회적 고립과 외로움이 건강에 부정적 영향을 미친다는 것은 이미 널리 알려져 있다. 외로움은 사람을 병들게 하고 빨리 죽게 한다. 시카고 대학의 존 카시오포(John Cacioppo) 교수는 외로움이 조기 사망 위험도를 14%나 높인다고 보고했다. 외로움이 건강에 미치는 위험은 비만보다 두 배 높다고 한다. 심지어 외로움에 시달리는 사람은 의사결정 능력과 주의집중력 같은 인지 기능도 저하되고 치매나 불면증, 우울증에 걸릴 위험도 커진다고 한다.

그렇다면 결혼이나 교우관계 등 인간관계가 외로움을 해결해 줄 수 있지 않느냐고 생각할 수도 있다. 그러나 미국의 한 연구 결과를 보면 결혼한 사람 중 62.5%가 외로움을 느끼는 반면 혼자 사는 사람은 26.7%만 외로움을 느낀다고 한다. 결혼이 외로움을 해결해 주는 것이 아님을 알 수 있다. '가족과 함께 사느냐', '친구가 많으냐'와 같은 물리적 연결보다 개인이 느끼는 주관적 인식에 더 영향받는다. 혼자 살아도 본인 스스로가 만족하면 건강에 영향을 미치지 않지만 천 명이 넘는 지인의 전화번호가 저장된 스마트폰을 가지고 있어도 혹은 결혼해서 살고 있어도 스스로 외롭다고 느끼면 외로운 것이다. 고스란히 외로움이 건강에 끼치는 부정적 영향을 받게 되는 것이다.

쇼펜하우어는 "사람은 혼자 있을 때에만 진정한 자신이 될 수 있다(A man can be himself only so long as he is alone)"고 했다. 또

한 외로움을 느끼는 것은 나다움이 없기 때문이며 자기 내면이 궁핍하기 때문이라고도 했다. 그러나 사회적 동물로 진화해 온 인류에게 고립된다는 것, 외로움을 견디고 고독을 견디는 것은 쉬운 일이 아닐지도 모른다. 무리에서 떨어져 홀로 된다는 것은 생존할 기회가 그만큼 줄어든다는 의미일 수도 있기 때문이다. 어찌 보면 사회적 무리를 짓고 살아가는 것은 인간의 생존 본능일지도 모른다.

그러나 사회적 인간관계를 형성하기 위해서는 피곤해도 웃어야 하고 배척당하지 않으려면 싫어도 참아야 한다. 그러다 보면 남의 눈치를 볼 수밖에 없고 타인에게 맞추어 살 수밖에 없게 된다. 이런 삶에 지치고 방전되어 스스로 고독을 선택하기도 한다. 홀로 되어 타인의 눈치를 보지 않고 진정한 자유인으로 나에게 충실한 상태가 될 때 비로소 방전된 에너지를 충전시킬 수 있기 때문이다. 뿐만 아니라 자신의 잠재력을 계발하고 자기를 성장시킬 수 있는 진정한 공부는 혼자 있는 시간에 이루어진다. 어찌 보면 혼자 있는 시간을 견딜 수 있는 자만이 이러한 혜택을 온전히 누릴 수 있게 된다. 고독을 견뎌 내는 것이 능력인 셈이다.

혼자 있는 시간을 버텨 내고 견디면서 보다 생산적인 일이나 자기 계발에 투자한다면 좀더 발전된 자신을 만날 수 있게 된다. 혼자 있을 때 자신의 내면을 오롯이 들여다볼 수 있고 나에 대해 이해할 수 있게 된다. 또한 나를 성장시킬 수 있는 시간이기도 하다. 고독한 시간이 없다면 내적 성장도 이루어 내기 힘들다. 자기 계발도 불가능하다. 외로움을 잠시 뒤로 하고 혼자만의 시간을 견디는 것도 능력이다. 고독한 시간을 버티는 것이야말로 진정한 자기 발전과 꿈을 이루기 위한 능력일지도 모른다.

사람들은 동일한 금액이라도 얻은 것의 가치보다 잃은 것의 가치를 훨씬 크게 느끼며 손해를 보지 않으려는 경향이 강한데 이를 '손실 회피 편향(Loss Aversion Bias)'이라고 한다. 같은 양이라도 얻은 것보다 잃은 것에 더 민감하며 연연하게 된다는 의미이다. 이런 손실을 피하기 위해 "가만히 있으면 중간은 간다"라는 말도 있다. 가만히 있으면 안전했을 텐데 괜히 더 잘해보려다가 손실과 위험을 자초할 수 있다는 의미이다. 과연 가만히 있으면 중간이라도 갈 수 있을까?

　정글을 여행하다 만약 악어에게 다리를 물렸다면 어떻게 해야 할까? 가만히 있으면 중간이라도 갈 수 있으니 물린 채로 가만히 있어야 할까? 물린 다리를 살려내기 위해 안간힘을 쓰면서 악어를 밀어내야 할까? 악어를 밀어내기 위해 애쓰면 애쓸수록 악어는 점점 우리 신체를 더 많이 잠식해 올 것이다. 더 많은 부위를 물고 더욱 거세게 공격할 것이다. 안타깝지만 이러한 피해를 최소화하는 유일한 방법은 다리 하나를 절단하는 것뿐이다. 이를 '악어 법칙(alligator principle)'이라고 한다. 다리 하나를 포기한 대가로 목숨은 건질 수 있게 된다. 다음을 기약할 수 있게 되는 것이다. 만약 끝까지 악어에게 물린 다리를 절단하지 못한다면 결국엔 목숨까지 잃어버릴 수 있다.

이처럼 결정적 순간에 무언가를 희생하거나 포기하는 결단은 또 다른 것을 얻을 수 있는 방법이기도 하다. 아무것도 희생하거나 포기하지 않는다면 결국 아무것도 얻을 수 없게 된다. 결정적 순간에 무엇을 포기해야 할지 결정하는 것은 매우 중요하다. 아무것도 버리거나 포기할 수 없다면 혹독한 대가를 치를 수밖에 없다. 기업이나 사람도 주변 환경이 변했음에도 불구하고 기존의 방식을 포기하지 않고 그대로 고수하고 유지하려 한다면 엄청난 손실에 직면할 수밖에 없다.

세계 필름 시장을 제패한 코닥(Eastman Kodak Company)이 디지털카메라의 등장과 함께 몰락한 것이 대표적 사례이다. 코닥은 1975년 세계 최초로 디지털카메라 기술을 개발했음에도 이

윤이 많지 않다는 이유로 신기술을 외면했다. 기존의 핵심 사업이었던 필름사업이 붕괴되면 안 된다고 판단했기 때문이다. 후지필름 같은 경쟁업체가 디지털카메라 기술에 관심을 가지고 관련 사업을 준비할 때조차 코닥은 필름사업에만 전념했다. 그후 오판이었음을 깨닫고 디지털카메라 시장에 뛰어들려 했지만 그때는 이미 늦었다. 결국 코닥은 2012년 뉴욕 법원에 파산보호를 신청했다.

아무리 많은 이윤을 가져다주는 필름사업이라고 할지라도 기업 환경이 변했음을 알아채고 기존의 방식을 포기하고 과감하게 디지털카메라 시장에 뛰어들었다면 더 큰 세계적 기업으로 도약했을 것이다. 황금알을 낳는 필름사업을 손에서 놓아버리지 못하는 손실 회피 편향에서 벗어나 미래의 디지털카메라 시장에 진입했다면 더욱 막대한 이윤을 창출할 수 있었을 것이다. 비단 기업만이 그런 것은 아니다. 개인에게도 이러한 '손실 회피 편향'과 '악어 법칙'은 그대로 적용된다.

주변 환경이 변해 사라진 직업에 대해 많이들 알고 있을 것이다. 내가 어렸을 적만 해도 버스 안내양이라는 직업이 있었다. 버스에서 회수권이나 토큰을 받고 버스 출입문을 관리하던 사람이다. 안내양이 버스의 출발 신호로 '오라이'를 외쳐야만 버스가 출발했다. 버스만 타면 흔히 볼 수 있었던 버스 안내양이라는 직업은 1980년대 말 버스 자동화 시스템 도입으로 사라져 버렸다. 또 다른 사라진 직업으로 타이피스트가 있다. 타이피스트는 타자기를 전문적으로 다루어 문서를 작성하는 직업이다. 1980년대 중반까지 존재하다가 워드프로세서의 보급으로 인해 자취를 감추고 역사의 뒤안길로 사라졌다. 한때는 인기 직업이었던 직종이 사회 환경의 변화와 함께 흔적도 없이 사라져버렸다.

'과연 내 직업은 십 년 뒤에도 살아남을 수 있을까?' 고민해 보아야 한다. 오랫동안 인간이 담당했던 일이 이미 자동화와 로봇화에 의해 빠르게 대체되고 있다. 이미 기계와의 일자리 경쟁이 제조업 분야에서 서비스업 분야로 가파르게 확산되고 있다. 구본권은 「로봇 시대, 인간의 일」에서 삼차 산업이라 불리는 서비스업 중에서도 부가가치와 전문성이 높은 분야까지도 기계와의 경쟁이 불가피하게 되었다고 말한다. 특히 변호사, 의사, 약사, 세무사, 회계사, 교수(교사), 기자 등의 직업마저 사라질 위기에 처했다고 주장한다. 이미 미국의 캘리포니아 주립대 병원에서는 로봇이 약 조제를 담당하고 있다고 한다. 우리나라의 경우에도 국세청의 연말정산 간소화 서비스나 홈택스 서비스가 세무사와 회계사의 업무를 어느 정도 대체하고 있다.

얼마 전 지방에 내려갈 일이 있어 고속도로 톨게이트를 통과하게 되었다. 이미 하이패스 단말기가 요금징수원을 대신하고 있지만 그래도 차량 통행이 빈번한 곳에는 아직까지 요금징수원이 별도로 존재한다. 그런데 통과하게 된 곳은 차량 통행이 빈번하지 않은 곳이다 보니 톨게이트 요금징수원은 아예 자취를 감추었고 하이패스 단말기와 무인 시스템만으로 대체되고 있었다. 동사무소에서 공문서를 발급받을 때에도 무인 공문서 발급기를 사용하면 되고 은행에서 공과금을 납부할 때에도 기계에서 납부하거나 은행에 가지 않고 납부 전용계좌를 통해 집에서 송금할 수도 있다. 그동안 공무원과 은행원의 손을 거쳐야만 처리할 수 있었던 일들이 모두 기계화되면서 필요한 인력이 감소되고 있다. 일자리가 그만큼 줄어들고 있다.

참고로 일본의 경제지 「닛케이 비즈니스」가 로봇으로 대체 불가능한 네 종류의 직업군을 선정한 것을 요약하면 다음과 같다. 첫째, 창조적 직업 혹은 규격 통일이 어렵거나 미묘한 힘 조절이 필요한 직업이다. 예를 들어 영화감독, 작가, 연예인 등의 창조적 직업, 도예가와 같은 힘 조절이 필요한 직업이 이에 속한다. 둘째, 자동화할 필요가 없는 직업이다. 여기에는 운동선수, 모험가 등이 속한다. 셋째, 기계화 사회에 필수적 직업이다. 이 직업군에는 컴퓨터 프로그래머, 로봇 정비 기술자, 로봇 디자이너 등이 해당된다. 넷째, 의료나 돌봄 서비스와 같이 로봇이 하면 싫어할 일들이다. 어디까지나 미래에 대한 예측이므로 반드시 예상처럼 된다고 단정할 수는 없지만 참조하면 좋을 것 같다.

미래에도 지속적으로 일을 통해 자아실현하고 싶다면 코닥 필름처럼 되지 말아야 한다. 코닥 필름처럼 되지 않으려면 아직은 준비할 시간이 있을 때 시대의 흐름을 외면하지 말고 새로운 흐름을 읽고 미리 대처하는 지혜가 필요할 것이다. 그렇다고 당장 하던 일을 그만두고 준비하라는 말은 아니다. 필연적으로 흘러가는 사회의 흐름을 예의 주시하면서 혹시라도 나에게 닥칠지 모르는 직업적 위기를 어떻게 극복할지 대처방안을 강구해 둘 필요가 있다는 말이다. 그렇게 하면 막상 그 일이 발생했을 때 희생과 손실을 최소화하고 즉시 빠져나올 수 있을 것이기 때문이다.

오늘 할 일을 내일로 미루지 말자: 자이가르닉 효과

완결되지 못한 문제는 기억에서 쉽게 떨쳐내지 못하는 반면 완전히 마무리된 일은 쉽게 잊힌다. 이러한 현상을 '자이가르닉 효과(Zeigarnik effect)'라고 한다. 도달하지 못했거나 완성하지 못한 일은 쉽게 잊히지 않고 미련이 남는다. 그런 측면 때문에 자이가르닉 효과를 미완성 효과라고도 한다.

가장 순수한 어린 시절 태어나서 처음으로 누군가를 좋아해본 경험이 한번쯤 있을 것이다. 그렇게 누군가를 좋아했던 추억이 짝사랑으로 끝났든 첫사랑으로 끝났든 대부분은 현실에서 맺어지거나 이루어지지 못했을 확률이 높다. 그러다 보니 시간이 지나도 미완으로 끝난 첫사랑은 아련한 향수가 남는다. 아무런 이유 없이 순수하게 좋아했던 최초의 사람이 지금은 어디에서 무엇을 하며 살고 있을까라는 생각을 한 번쯤 해보게 된다.

이러한 자이가르닉 효과 때문에 심리학자들은 즐거울 때 만남을 끝냄으로써 다음에 다시 만나고 싶게 만들라고 조언한다. 스토리를 지속적으로 연재하는 TV 드라마나 웹툰의 경우 가장 재미있는 순간, 호기심이 발동할 만한 상황에서 끝맺음을 하며 다음 회에 계속이라는 자막을 내보낸다. 그렇게 함으로써 시청자들이나 구독자들의 궁금증을 증폭시킨다. 가장 흥미로운 순간에 끝나버렸기 때문에 다음 회를 기다렸다 보게 된다. 자이가르닉 효과를 응용한 예라고 할 수 있다. 이러한 미완성 효과 때문에 꿈꿨지만 이루지 못했던 것들에 대해서는 미련이 남고 나이들어서도 기회가 된다면 재도전해보게 되는 것 같다.

누구나 자라면서 여러 가지 꿈을 갖게 되고 시간이 흐름에 따라 꿈들이 변하기도 한다. 언젠가 TV에서 육십 세가 넘어 자신의 어릴 적 꿈에 도전해 당당히 성공한 분들이 나온 걸 본 적이 있다. 그 중 한 분은 중소기업체를 운영하는 사장이 되었는데 어릴 적 꿈이 트롯 가수였다고 한다. 그래서 지금은 신인 트롯 가수로 활약하고 있다고 했다. 또 다른 분은 어릴 적 꿈이 패션모델이어서 지금은 그 분야에서 시니어 모델로 활동한다고 했다.

자신이 원하고 꿈꿨으나 이루지 못한 것에 대해서는 미련이 남기 마련이다. 나이가 들어서도 미완으로 끝난 자신의 꿈을 이루고 달성함으로써 꿈을 완결 짓는다면 회한이 남지 않을 수 있다. 꿈을 이루는 데 나이는 중요하지 않다. 몇 살에 꿈을 이루었는지보다 꿈을 완결 지었느냐 미완으로 남았느냐가 중요하다.

혹시 미련이 남는 일이 있다면 지금이라도 도전해보면 어떨까. 나이는 숫자에 불과할 뿐이고 오늘이 내겐 가장 젊은 날이기 때문이다. 언제 어떻게 떠날지 모르는 우리 인생에 후회나 회한을 남기지 않을 수 있다면 그 또한 감사한 일이다. 후회나 한 없이 세상과 작별할 수 있다면 얼마나 감사한 일인가.

돌아보면 우리가 배워야 할 모든 것은 유치원에서 배웠다는 말이 맞는 것 같다. 학창 시절 누구라도 '숙제하고 놀아라'는 어머니의 잔소리를 귀가 따갑도록 들어봤을 것이다. 해야 할 숙제를 하지 않고 놀아봐야 찜찜하기만 하다. 해야 할 숙제를 당당히 해놓고 놀면 모든 부담을 잊고 신나게 놀 수 있다.

학창 시절 시험 보기 위해 한 공부는 시험을 치르고 나면 까맣게 잊어버린다. 대학에 가기 위해 했던 공부 중에 지금까지 머릿속에 남아 있는 지식은 그리 많지 않다. 집착과 미련을 떨쳐내기 위해서도 꼭 이루어보고 싶은 무언가가 있다면 더 이상 미루지 말자. 혹시 방문하고 싶은 여행지가 있다면 다녀오자. 해보고 싶은 일이 있다면 지금이라도 도전해 보자. 혹시 누군가가 좋아서 사귀어보고 싶다면 당당히 마음을 전해보자. 도전하지 않으면 미련과 집착만 남게 된다. 어머니 말씀대로 해야 할 숙제라면 미루지 말고 지금 바로 인생 숙제를 해치우자. 결과야 어찌 됐든 해본 것에 대해서는 미련과 집착이 남지 않는 법이다.

2. 적절한 거리를 유지하면 관계는 아름다워진다

거리의 미학: 고슴도치 딜레마

'고슴도치 딜레마(Hedgehog's dilemma)'란 인간관계에서 친밀함을 원하면서도 동시에 적당한 거리를 두고 싶어하는 상반된 심리가 공존하는 것을 의미한다. 즉 상대와의 일체감과 스스로의 자립이라는 두 가지 욕구로 인한 딜레마이다. 고슴도치가 누군가에게 다가가려면 가시로 인해 상대에게 상처를 주어 누구와도 가까워질 수 없다. 사람도 처음에는 좋은 취지로 인간관계를 맺게 되지만 가까워지는 과정에서 서로에게 상처를 주고받을 수 있다. 그 결과 적절한 거리를 유지하는 것이 필요함을 깨닫게 된다.

정현종 시인의 「섬」이라는 시가 있다. 시인은 "사람들 사이에 섬이 있다. 그 섬에 가고 싶다"라고 말한다. 어려서는 몰랐다. 사람과 사람 사이에 존재하는 그 섬에 가려면 얼마나 혹독한 대가를 치러야 하는지. 사춘기 시절 호기롭게 가식 없는 진정성 있는 만남을 꿈꾸다 친구들에게 상처만 받은 적이 있다. 당시에는 사람과 사람 사이에 거리가 필요하다는 것을 몰랐다. 서로에게 서로가 지닌 가시로 상처 주지 않을 수 있는 안전거리가 필요하다는 사실을 미처 몰랐다.

칼릴 지브란(Kahlil Gibran)은 「예언자」에서 "함께 있되 거리를 두라"고 충고한다. "함께 서 있으라. 그러나 너무 가까이 서 있지는 말라. 사원의 기둥들도 서로 떨어져 있고 참나무와 삼나무는 서로의 그늘 속에선 자랄 수 없다"라고 말한다. 참나무와 삼나무가 홀로 고립되어 서 있지는 말되 지나치게 가깝게 서지도 말라고 당부한다. 서로 자라고 성장하려면 거리가 필요하기 때문이다.

흔히 사랑하는 사람들 사이에서 심리적 안전거리가 문제시되는 경우가 많다. "너는 나에게 특별한 사람이니까 너의 모든 것은 나와 공유해야 돼." "너와 나 사이에는 비밀이 있어선 안돼." 이 모든 것들이 서로를 버겁게 하고 숨 막히게 만든다. 비단 연인이나 부부만의 문제가 아니라 부모 자녀 관계, 친구 관계 등 비교적 가깝다고 생각되는 사람과의 관계에서는 항상 심리적 거리가 문제시된다. 각자 생각하는 '사적 영역'의 범위가 다르기 때문이다. 따스한 온기를 나눌 수는 있지만 서로의 가시에 찔리지 않을 만큼의 거리가 정확히 얼마인지 규격화된 기준은 그 어디에도 없다. 각 개인마다 다르고 상황마다 다르기 때문에 서로 간의 안전거리를 조절하는 일은 생각보다 힘들다.

사적 영역의 범위가 넓지 않은 사람의 경우 상대에게 섭섭함을 느낄 수 있다. "나는 이런 것까지 공유하고 비밀 없이 모든 것을 공개했는데 너는 나를 특별하게 생각하지 않는구나"라는 서운한 마음을 가질 수도 있다. 때로는 친밀감을 나누는 특별한 사이라는 것만으로 자신의 마음대로 상대를 조종하려는 압박과 강요를 행사하기도 한다. 마치 인형처럼 자신이 원하는 모습을 상대에게 강요하고 그렇게 따라주지 않으면 감정적 보복을 사용하기도 한다. 가깝다는 이유만으로 상대의 고유성과 개체의 자유를 인정하지 않는 미성숙한 태도는 결국 서로를 더욱 멀어지게 만들 뿐이다.

지금 우리는 코로나19로 인해 역사상 유래 없는 사회적 거리두기를 실시하며 살고 있다. 바이러스로부터 안전하게 서로를 지키기 위해 일정 거리를 유지하며 지내고 있다. 그런데 사람과 사람 사이엔 질병을 유발하는 바이러스만 전파되는 것은 아니다. 부정적 정서 역시 사람 사이에 전파되기도 하고 서로 간의 가시로 인해 상처를 주고받기도 한다. 다른 사람에게 상처 주지 않고 나도 상처받지 않을 적정거리는 반드시 필요하다. 다만 그 거리는 상대적이어서 얼마큼의 거리가 필요한지는 당사자간 친밀도나 성향에 따라 달라질 수밖에 없을 것이다.

인간은 사회적 동물이기에 단절된 상태로 홀로 살아갈 순 없다. 영국에서는 외로움을 사회적 문제로 보고 2018년 이를 담당할 장관까지 임명했다고 한다. 인간이 느끼는 외로움은 건강에 매우 해로운데 매일 담배 열다섯 개비를 흡연하는 수준만큼이라고 한다. 인간이 가진 고슴도치 딜레마인 상대와의 일체감과 스스로의 자립 사이의 적절한 균형점이 어디일지는 여전한 숙제로 남는다.

　가깝고 친밀한 것도 좋지만 일정거리를 두고 바라보아야 좋은 것도 분명 있다. 봄에 꽃이 만개하여 절정을 이룰 때 멀리서 바라보면 정말 아름답다. 그런데 막상 꽃길을 걸어보면 이미 떨어진 꽃잎으로 인해 지저분하고 상춘객이 흘리고 간 쓰레기들로 인해 아름다워야 할 꽃길에서 악취가 나고 눈살이 찌푸려지는 경우도 있다.

　우리의 인생도 마찬가지다. 찰리 채플린(Charles Chaplin)이 "인생이란 멀리서 보면 희극이지만 가까이서 보면 비극"이라고 말한 것처럼 일정 거리를 두고 바라볼 때 인생은 비로소 아름답다. 사람과 사람 사이에도 일정 거리는 필요하다. 서로 떨어진 거리에서 서로를 바라볼 때 더욱 애틋하고 아름다워 보인다. 가까운 사이일수록 서로가 성장하고 발전할 수 있는 거리는 필요하다. 서로의 자유를 구속하지 않을 만큼 숨 쉴 수 있는 거리는 필요하다. 그러니 참나무와 삼나무처럼 함께 있되 거리를 두는 지혜가 필요할 것 같다.

시절 인연

　'시절 인연(時節因緣)'이란 모든 현상은 시기가 되어야 일어난다는 의미의 불교용어이다. 인연의 시작과 끝도 섭리대로 그 시기가 정해져 있기 때문에 인과 연이 합쳐지면 좋은 일이든 나쁜 일이든 일어날 수밖에 없다고 보는 것이다.

　인간관계야말로 내 맘대로 되지 않는다. 영원을 꿈꾸지만 시절 인연이라면 한 시절을 함께 하는 것으로 일단락된다. 아무리 애쓰고 노력해봐야 지속할 수 없는 인연이다. 인연이 거기까지이기 때문에 어쩔 수 없다. 만나고 싶지 않아 거부하더라도 시절 인연으로 엮이면 기어코 만날 수밖에 없다.

　살면서 무수히 많은 시절 인연을 만났다. 학창 시절 만났던 담임선생님과 같은 반 친구들을 비롯해 같은 동네에 살던 또래 친구들과 이웃들, 모두 한때의 시절 인연이었다. 어디 그뿐이던 가? 남몰래 짝사랑한 첫사랑의 대상 역시 시절 인연으로 끝난 경우가 대부분일 것이다. 때로는 부부의 인연으로 만났어도 검은 머리 파뿌리되도록 살지 못하고 인연이 딱 거기까지여서 중도에 헤어지거나 사별한 경우도 있을 것이다. 우리는 대부분 사람을 만날 때 헤어짐을 예상하며 만나진 않는다. 그 인연이 친구라는 이름으로 맺어지든 연인 혹은 부부라는 이름으로 맺어지든 나와 영원히 함께 할 좋은 인연이길 기대하며 만난다.

그러나 내 바람과는 무관하게 인연이 딱 거기까지여서 중도에 어쩔 수 없이 헤어지게 될 수도 있다. 물론 받아들이기는 쉽지 않을 것이다. 소중한 누군가를 잃어버리거나 상실의 고통을 겪은 사람만이 그 아픔을 알 수 있다. 상실을 경험한 사람만이 가슴 찢기는 처절함과 비통함을 알 수 있다. 당사자가 아니라면 그 고통을 알 수도 없고 헤아릴 수도 없다. 내 바람과는 달리 소중한 인연이 단절되거나 상실될 수도 있지만 반대로 악연의 고리가 끊어져 버리는 경우도 있다. 함께 영원히 인연을 지속하고 싶은데 할 수 없어 괴롭기도 하고 악연을 끊어버리고 싶지만 그렇게 되지 않아 고민인 경우도 괴롭긴 마찬가지다.

내 경우는 아파트에 거주하다 보니 이웃이 누구냐에 따라 종종 문제가 발생한다. 이사 오기 전 윗집에 살던 사람과는 천장 누수 문제와 층간 소음으로 고통받았지만 이사 오면서 시절 인연이 종료되어 벗어날 수 있었다. "여우를 피하면 범을 만난다"고 지금 살고 있는 집으로 이사 와서는 천장 누수 문제는 일어나지 않았지만 층간소음 문제로 여전히 고통받았다. 일곱 살 사내아이와 열한 살 여자아이가 윗집에 사는데 집을 운동장처럼 '다다다 다닥' 뛰어다니고 매일 밤 이삿짐 옮기는 소리가 '쿵쿵 쾅쾅' 들렸다. 차라리 낮에 그러는 건 생활소음으로 치부하고 시끄럽더라도 이해하겠지만 꼭 밤 열 시에서 새벽 한 시 사이에 이삿짐 옮기는 소리와 아이의 뜀박질 소리가 들린다. 잠을 자다가도 쿵쾅거리는 소리에 놀라 잠을 깬 적이 한두 번이 아니었다. 어떤 날은 밤 열 시까지 피아노 치는 소리가 들릴 때도 있었다.

관리소와 경비실에 찾아가 하소연하기도 하고 윗집에 직접 찾아가기도 했지만 소용없었다. '집에서도 못 뛰어놀면 자기 아이는 어디에서 뛰어 노느냐?'면서 그런 것도 이해 못 해주느냐는 식으로 나왔다. 뿐만 아니라 오히려 '아파트에 안 살아봤느냐?'며 더 큰소리를 쳐서 황당하기 그지없었다. 이웃 복이 없어도 지지리 없었다. 다행히도 얼마 전 윗집이 이사를 갔다. 앓던 이가 빠진 것처럼 속 시원했지만 새로 이사 오는 사람들이 어떤 사람인지 알 수 없으니 무작정 좋다고만 할 수도 없다. 그저 지금 집에 사는 동안 인연 맺어지는 사람들과 무탈하게 서로 좋은 시절 인연으로 만나길 바랄 뿐이다.

회자정리(會者定離)를 모르진 않는다. 회자정리란 만난 사람은 반드시 헤어지게 된다는 말이다. 만남이 있다면 언젠가는 헤어짐도 있다. 물론 윗집과 같은 시절 인연과의 헤어짐은 속시원하기도 하다. 그러나 대부분의 별리(別離)는 아련한 가슴 통증을 유발한다.

이젠 별리의 고통을 담담히 받아들일 수 있는 지천명(知天命)을 훌쩍 넘긴 나이지만 여전히 소중한 이와의 헤어짐은 상실의 아픔을 유발한다. 얼마나 더 살아야 헤어짐에 무디고 단단한 마음을 가질 수 있을까. 이젠 주변의 소중한 사람들을 떠나보내고 나 역시 떠나가야 할 시기가 점점 다가오는 나이인데 과연 나는 그런 준비가 되어 있는지 반문해 본다.

가슴 아파도 상실의 고통으로 마음이 갈기갈기 찢겨도 우리 모두는 만난 사람과는 반드시 한 번은 헤어지게 되어 있다. 나의 죽음으로 헤어질 수도 있고 상대방의 죽음으로 별리를 경험할 수도 있다. 그도 아니면 인연이 딱 거기까지여서 헤어질 수밖에 없는 사람도 있다. 아무리 가까운 인연으로 만났다고 해도 인연이 거기까지면 어쩔 수 없다. 아무리 아름다운 추억이 많은 사이라고 해도 시절 인연이면 떠나보내야 한다. 내 탓도 아니고 상대 탓도 아니다. 인연이 거기까지일 뿐이다.

이별 앞에 죄책감을 가질 필요는 없다. 자신을 자책하거나 탓할 필요도 없다. 인연이 소중했던 만큼 별리는 고통스럽겠지만 그래도 거기까지일 뿐이다. 서로 잠시나마 시절 인연으로 만난 상대방이 행복하게 잘 살길 마음으로 기원해줄 뿐이다. 누구라도 만난 사람은 반드시 헤어질 수밖에 없음을 받아들인다면 헤어짐에 조금은 익숙해질지도 모른다.

두 번째 화살

첫 번째 화살은 누구나 예기치 않게 맞을 수 있다. 생각지 못한 순간에 타인이 나에게 화살을 쏠 수도 있고 상황이나 제반 환경이 나를 향해 화살을 쏠 수도 있다. 상대방이 언제 화를 낼지, 무엇을 가지고 나를 비난하고 욕할지 예측할 수 없다. 최선을 다해 준비하고 치른 시험에서 나보다 더 뛰어난 경쟁자가 있어 불합격될 수도 있다. 이직이나 전학을 한 새로운 환경에 잘 적응하지 못해 갑자기 왕따가 될 수도 있다. 다른 차가 갑자기 내 차와 충돌해 교통사고가 날 수도 있고 이로 인해 병원 신세를 질 수도 있다. 이 모든 것이 첫 번째 화살이다.

타인이나 상황이 나에게 가하는 화살이므로 피할 수도 없고 예측할 수도 없다. 이런 첫 번째 화살은 누구나 맞을 수 있다. 문제는 두 번째 화살이다. 대부분의 사람들에게 더 심각한 후유증과 상처를 남기는 것은 두 번째 화살이라고 한다.

두 번째 화살은 내가 나에게 쏘는 화살이기에 충분히 막을 수 있다. 세상을 살아가다 보면 누군가가 나를 비난하거나 내게 욕하는 상황이 생길 수도 있다. 예를 들어 운전하다가 신호등이 노란색으로 바뀔 때 속도를 더 내어 통과하는 사람이 있는 반면 속도를 줄여 정지하는 사람도 있다. 내 경우는 후자일 때가 많지만 이미 교차로에 진입했을 때는 속도를 더 높여 그 구간을 통과한다.

노란색 신호등이 켜져 정지선에 서면 뒤차 운전자 중 아주 가끔은 경적을 울리며 화를 내는 사람도 있다. 운전석과 조수석 사이에 설치된 룸미러로 슬쩍 보면 삿대질을 하는 사람도 보인다. 심할 경우엔 일부러 차선을 변경해 내 차 옆에 정차해 창문을 내리고 '아줌마'라며 소리 지르고 화내는 사람도 있다. 이럴 땐 시시비비를 따지다 보면 큰 싸움이 날 수도 있을 것 같아 억울하지만 그냥 내 쪽에서 사과하고 다음 신호를 받으면 부리나케 그 자리를 벗어난다.

그런데 좀 심한 소리를 들은 날은 집에 와서도 속상할 때가 있다. 난 잘못한 게 없는데 왜 바보같이 사과했을까? 이런 생각을 하다 보면 화가 난다. 바보같이 내 잘못이 아닌 일에도 시시비비를 가리기는커녕 더 큰 싸움으로 번질까 염려해 억울해도 참고 넘어간 나 자신에게 분노가 치밀기도 한다.

나를 괴롭히는 건 상스러운 말을 던진 운전자가 아니라 오히려 나 자신이다. 상대방이 상처준 말을 잊지 않고 곱씹으며 정정당당하게 대응하지 못한 나 자신에게 분노의 화살을 쏘며 상처를 준다. 상대방이 나에게 욕과 비난이라는 쓰레기를 던졌으면 바로 버렸어야 했다. 그런데도 이를 고이 간직하고 집에 와서 다시 쓰레기를 꺼내 곱씹으면서 나에게 또 다른 화살을 던진 셈이다. 돌이켜보면 마음의 상처가 되고 트라우마가 되었다고 여겨지는 대부분의 상흔들은 타인의 비난의 말을 쓰레기통에 버리지 못하고 소중한 물건인 양 고이 간직하면서 주기적으로 곱씹으며 받은 상처들이다.

친한 사람들과는 서로의 상황이나 형편을 잘 알고 격의 없이 지내다보니 본의 아니게 상처가 될 만한 말들을 더 많이 주고받는 것 같다. 상대는 별거 아니게 한 말도 때론 비수가 되어 꽂힐 때가 있고 서로 의견 대립을 하다 감정이 격앙되어 자신도 모르게 심한 말을 할 때도 있다. 상처를 주려는 의도로 말한 것이 아닐지라도 섭섭한 말을 들은 사람은 그 말을 잊지 못하고 차곡차곡 쌓아두는 경우가 대부분이다.

최악의 경우는 상처받은 말을 장기 기억했다가 주기적으로 곱씹으며 본인에게 두 번째, 세 번째 화살을 날리는 경우다. 자신에게만 화살을 쏘는 것이 아니라 그 상처를 준 사람에게도 주기적으로 반복하여 화살을 날리기도 한다. 처음엔 상처를 준 사람은 미안해 하지만 반복되면 더 심한 말들이 오가게 되다 결국 관계가 틀어지는 경우도 다반사다. 그런데 이런 일이 가족 사이에서 발생하면 그 피해의 정도는 더욱 심각해진다. 매일 눈 뜨면 마주쳐야 하는 사람들끼리 서로가 서로에게 상처준 것을 잊지 못하고 틈만 나면 과거의 일을 소환해 서로를 비난하다 보면 지옥 같은 삶을 살게 된다.

흔히 사람들은 자신은 상처받는 존재고 타인은 상처를 주는 존재로 인식한다. 나 역시 어릴 때는 내가 누군가에게 상처를 줄 만한 사람이라고 생각하지 못했다. 워낙 존재감 자체가 미미한 데다 누군가가 내가 무심코 한 말까지 세세하게 기억하리라곤 생각조차 못했다. 내 자신이 좀 예민하고 쉽게 상처받는 성격이라 타인을 대할 때도 남들보다 더 세심하게 신경 써서 대하는 편이다.

그런데도 간혹 내 말로 인해 상처받았다는 학생들이 있다. 발표 수업의 경우 학생들이 발표를 마치고 나면 짧게라도 코멘트를 해주어야 한다. 보통 잘한 점과 개선하면 좋을 점에 대해 함께 이야기해 준다. 혹시라도 상처받는 학생이 있을까봐 다소 엉성한 부분이 보이더라도 디테일한 부분까지는 이야기하지 않는다. 그냥 확실하게 눈에 보이는 개선점 위주로 짧게 이야기하고 대부분은 잘한 점에 집중해 이야기한다. 칭찬을 서너 개 했다면 개선할 부분은 한두 개 정도만 말했다. 학생들 입장에서 충분히 배려했다고 생각했다.

그런데도 몇몇 학생들은 "교수님 때문에 상처받았어요"라고 한다. 그럴 때 나는 깜짝 놀란다. "몸에 좋은 약은 입에 쓰다"고 학생들에 대한 애정이 없다면 그냥 '좋아요', '잘했어요'라고 끝나도 무방할 일을 학생들에게 도움을 주려고 공들여 조언해 주었는데 그게 상처가 되었다고 하니 나 역시 그런 말을 들으면 섭섭했다. 비싼 등록금 내고 수업을 듣는 학생들에게 정확한 조언을 해주는 것이 가르치는 사람으로서 할 일이라고 생각했다. 그런데 그게 상처가 되었다니 난감했다.

지금은 세심한 곳까지 잘 신경 쓰지 못한다. 아프고 나서 예전처럼 기력 회복이 되지 않다 보니 예민하고 세심하게 집중하기도 힘들다. 에너지가 고갈된 데다 체력이 떨어지다 보니 예전과 같이 아주 작고 사소한 것까지 신경 쓸 수 없게 되었다. 생존에 필요한 일과 정말 좋아서 하는 일에만 남아 있는 에너지를 사용한다.

아프기 전의 내 성향은 예민함과 세심함의 끝판왕이었고 그러다 보니 주변에서 완벽주의자라는 말을 종종 들었다. 예민하다 보니 상처도 많이 받았다. 나는 늘 상처만 받는 존재라고 생각했다. 그런 내가 학생들에게 상처를 줄 수 있다는 사실을 받아들이기 쉽지 않았다. 학생들에게 상처 줄 의도로 코멘트를 한 것이 아니라 오히려 도움이 되길 바라는 좋은 마음에서 조언해 준 것이었기에 더욱 그랬다. 선의의 의도로 한 행동도 상처를 주는데 무심코 한 말이나 행동은 타인의 입장에서 어떤 상처가 되었을지 알 수 없는 노릇이다.

주변을 보면 상처를 준 가해자는 없는데 상처받은 피해자만 있는 것 같다. 입장 바꿔 생각해 보면 내게 상처가 된 누군가의 말도 상대방이 상처를 줄 의도로 하지 않은 경우가 대부분일 것이다. 그냥 보이는 대로 말했을 뿐이고 자기 기분에 따라 별생각 없이 튀어나온 말일 수도 있다. 그런데 그 말을 들은 내가 심각하게 받아들여 상처를 만들고 키운 것일 수도 있겠다는 생각이 든다. 정작 그 말을 한 당사자는 자기가 그런 말을 했는지조차 까맣게 잊고 살지도 모른다.

우리 모두는 원하든 원하지 않든 누군가에게 상처 주기도 하고 상처받기도 하면서 더불어 살고 있다. 모두가 성숙한 인격을 지닌 사람이라면 좋겠지만 자기 스스로의 마음도 제대로 못 다스려 "종로에서 뺨 맞고 한강에서 눈 흘긴다"라고 엉뚱한 곳에서 화풀이하는 사람도 의외로 많다. 상처를 주려고 악의적으로 심한 말을 쏟아냈다기보다 자신도 모르게 자기 안의 분노나 속상한 감정을 조절하지 못해 엉뚱한 대상에게 심한 말로 표출한 것일 수도 있다. 몸은 어른인데 정신이 미성숙한 경우이다.

가족 중에 이런 유형의 사람이 있을 수도 있고 친구나 배우자, 직장 상사나 동료, 나와 가까운 사람 중에 이런 부류의 사람이 있을 수도 있다. 그럴 때마다 상처받기보다 '아직도 정신적으로 미성숙하구나' 하는 측은지심을 갖고 상대방이 쏟아낸 상처 주는 말은 '나'를 위해 그 자리에서 쓰레기통에 버리도록 하자. 그리고 상대를 위해서가 아니라 '나'를 위해 그 자리에서 털어내고 바로 용서하자.

　첫 번째 화살이야 내가 통제할 수 없지만 두 번째 화살만큼은 스스로 통제할 수 있으므로 자신의 정신건강과 행복을 위해서라도 쓰레기는 즉시 쓰레기통에 버리고 간직하지 않아야 한다. 상대가 던진 가시 돋친 말에 끌려다니며 고통받기보다 소중한 나 자신을 위해 두 번째 화살만큼은 맞지 않도록 좀더 현명하고 지혜롭게 살아야겠다.

기차에서 우연히 만난 이방인

기차에서 만난 낯선 이방인에게 모든 것을 털어놓고 싶은 심리를 가리켜 '기차에서 만난 이방인 현상(Stranger on a train phenomenon)'이라고 한다. 전혀 모르는 낯선 인물에게 자신의 비밀을 털어놓고 싶어하는 심리로 "임금님 귀는 당나귀 귀"라고 외친 경문왕의 복두장(두건을 만드는 사람)과 유사한 심리이다.

친밀한 사람에게는 내 비밀이 밝혀지면 돌아올 파장을 염려해서 혹은 그들에게 심리적 부담을 줄까봐, 체면이 손상될까봐 등의 여러 가지 이유로 할 수 없는 말들이 생기기 마련이다. 그러나 다시 만날 일이 없는 사람, 즉 내가 속한 사회적 네트워크의 일원이 아닌 사람에게는 털어놓기 어려운 이야기도 오히려 솔직하게 꺼낼 수 있다.

인터넷을 통해 연결된 채팅방에서 처음 만난 사람과 자신의 아프고 수치스러울 수 있는 이야기까지 솔직하게 털어놓을 수 있는 것은 서로에 대해 아무것도 모르는 채 로그아웃하면 소문 날 일도 없고 모든 것이 끝나기 때문이다. 상대가 내가 누구인지 모른다는 일종의 보호막이 있기 때문에 솔직할 수 있는 것이다. 인간의 심리적 건강을 위해서는 이러한 느슨한 관계가 중요할 수 있다고 한다.

평소 솔직한 편이라고 평가받는 나 역시도 여행지에서 만나게 되는 사람들과는 유난히 더 솔직해지는 면이 있다. 여행지뿐 아니라 미용실에서 머리 하는 동안 만나게 되는 미용사나 손님들하고 평소 나라면 전혀 나누지 않을 법한 이야기도 스스럼없이 나누기도 한다.

사회적 관계망의 일원으로 살아가고 직업인으로 살아가면서 오히려 사회적 네트워크에 속한 사람들에게는 밝히기 어려운 일도 가끔은 있을 수 있다. 예를 들어 내가 앓고 있는 지병 같은 걸 굳이 밝히고 싶지 않을 수도 있다. 내 경우는 휴직 후 재직했던 곳을 그만두고 나와야 했기에 병명을 숨길 수가 없었다. 중대한 질병으로 인해 휴직하고 의원면직을 하려 했기 때문에 알려야 했다. 결국 동문들과 동료들 사이에 모두 소문이 났지만 어쩔 수 없는 일이었다. 그런 일뿐 아니라 자질구레한 가족과 관련한 문제들을 시시콜콜 직장의 동료에게 알리고 싶은 사람은 별로 없을 것이다. 친밀감을 위해 털어놓을 수밖에 없는 상황이라면 말할 수 있는 범위를 조절하고 그 범위 내에서만 이야기하려 할 것이다.

그러다 보면 정작 자신의 깊은 내면에 있는 이야기는 그 누구에게도 털어놓을 수 없는 경우가 대부분이다. 가족 간의 갈등이나 자신의 심리적 문제, 자신의 질병 등 많은 문제들은 고스란히 내면에 켜켜이 쌓이게 된다. 생계를 책임져야 하기 때문에 하기 싫은 일을 억지로 해야 하는 상황에서 생기는 갈등, 직장 내 인간관계로 인한 문제, 꿈을 좇고 있지만 생계 불안정으로 인해 생기는 경제적 문제, 이 모든 것들을 지인들에게 다 털어놓기는 힘들 수 있다. 듣는 이들에게 심리적 부담을 줄까봐 조심스럽기도 하다. 그럴 때 우연히 만난 모르는 사람에게는 평소 짓눌렸던 문제들을 가감 없이 후련하게 털어놓을 수도 있을 것이다. 두 번 다시 만날 일이 없다면 더욱더.

사회적 갑옷을 벗어던지고 사회적 가면도 내려놓고 싶지만 사회적 일원으로 살아가는 우리들에게는 쉽지 않은 일이다. 복두장이 얼마나 답답했으면 대나무 숲에 홀로 찾아가 "임금님 귀는 당나귀 귀"라고 외쳤겠는가. 복두장처럼 우리에게도 자신만의 공간, '아지트'가 필요할지도 모른다. 또한 우연히 만난 이방인에게 오히려 솔직하게 내면의 모든 비밀을 털어놓듯 나의 비밀을 털어놓을 수 있는 비밀 일기장이 필요할지도 모른다. 종교가 있다면 기도를 하면서 자신의 모든 비밀과 걱정, 근심, 내면의 문제를 털어내는 것도 좋을 것 같다. 여행지에서 만난 낯선 이방인에게 털어놓지 못한다고 해도 가끔 한 번씩은 내 안에 켜켜이 쌓인 내면의 문제들을 청소하듯 털어내고 비워내는 지혜가 필요할 것 같다.

백해무익한 충고는 그만두기로 했다: 투사

우리는 그간 살아온 자신의 경험을 바탕으로 세상을 바라보고 해석한다. 자신만의 고유한 생각의 틀이 있듯이 다른 사람도 그간 살면서 겪은 여러 가지 경험을 바탕으로 한 자신만의 고유한 사고 체계가 있기 마련이다. 나에게 좋고 유익한 것은 나에게만 좋은 것이지 나와 전혀 다른 사람에게 그것이 좋으리란 보장은 그 어디에도 없다. 내게 좋은 것이 다른 사람에게도 좋을 것이라는 생각은 순전히 나만의 착각일 뿐이다. 그런데도 가까운 사람 중 누군가 어려움에 처하거나 심정적으로 힘들어 하면 나의 관점에서 상대에게 백해무익한 충고를 하곤 한다. 그리곤 내 생각과 달리 상대가 별로 고마워하지 않거나 떨떠름한 표정을 지으면 그제야 괜히 말했다며 후회한다. 이미 어리석은 실수를 범한 후에 후회해봐야 소용없다.

심리학에서는 이러한 현상을 '투사(投射, Projection)'라 부른다. 투사란 다른 사람들도 자신이 느끼는 것과 똑같이 느낄 거라고 생각해 자신의 사고와 입장을 다른 사람에게 동일하게 적용하는 것을 의미한다. 그러나 다른 사람은 그 사람 나름의 경험과 관점, 입장이 존재한다. 나에게 유익하고 도움이 되었던 것이 다른 사람에게도 도움이 되고 좋게 작용하리라는 보장은 없다. 그러므로 곤경에 빠진 누군가를 도와주고 싶다면 상대방의 관점을 이해하려 노력하고 그의 말을 잘 들어주면 된다. 어설픈 충고를 남발할 필요는 없다.

사람은 누군가 자신의 감정을 있는 그대로 들어주면 스스로 변하려고 한다. 그 사람의 어렵고 힘든 감정을 적극적으로 경청해주면 마음을 불편하게 하던 감정이 해소되면서 스스로 본래의 감정이나 욕구를 돌아볼 수 있게 된다. 불편한 심경 때문에 왜곡되었던 감정이 사라지면서 진짜 욕구가 드러나게 되는 것이다. 자신의 내면을 직시하게 되면서 스스로 해결방안을 찾아낼 수 있게 된다. 뿐만 아니라 자신에게 공감하고 호응해준 사람과는 더 좋은 관계를 맺게 된다.

누군가 고민을 털어놓으면 조언보다는 상대의 감정을 들어주고 공감해주는 것이 중요하다. 마음의 소리에 귀기울이고 잘

들어주면 적극적 경청의 역설이 나타나기도 한다. 나 역시도 이런 경험이 있다. 정말 속상하고 마음이 불편했을 때 누군가 내 이야기에 공감하고 잘 들어주면 불편했던 감정이 사라지면서 문제의 본질이 보이기 시작했다. 살아가는 것 자체가 문제 해결의 연속이라고 할 만큼 문제의 발생은 그리 특별한 일도 대단한 일도 아니다. 다만 내 마음속 속상한 감정이 잠시 이성을 잃고 순간적으로 평정심을 잃어버리게 해서 생긴 혼란일 뿐이다. 그럴 때 내 마음속에 작용하던 다채로운 감정을 쏟아내고 나면 문제의 본질은 쉽게 드러나고 생각보다 큰일이 아님을 발견할 수 있다.

그런 경험을 여러 차례 했음에도 가까운 지인이 내게 고민을 털어놓으면 그간의 경험을 총동원해 어설픈 충고를 하려고 했다. 마치 해결방안을 제시해 주는 것이 나의 도리인 것처럼 느꼈기 때문이다. 상대방을 아끼면 아낄수록 마치 내가 그 사람이 가진 문제를 해결해 주어야 할 사명이 있는 것처럼 여겼다. 그래서 엉뚱한 충고를 해서 상대방을 더욱 주눅들게 하거나 괴롭혔던 것 같다. 나만의 최선이었을지는 모르나 그 최선은 상대에게 가닿지 않는 최선이었다. 오히려 상대에게 어설픈 충고를 하기보다 그의 말 한마디 한마디를 귀담아들어주고 이해하려고 노력했다면 더 좋았을 뻔했다.

적극적 경청을 강조한 토머스 고든(Thomas Gordon)은 다른 사람이 자신을 있는 그대로의 모습으로 전적으로 수용하는 것을 알게 되면 좀더 나은 사람이 되고자 노력하게 된다고 말한다.

이제부터라도 누군가 내게 고민을 털어놓으면 백해무익한 충고 따위는 하지 않기로 했다. 충고보다는 그의 감정을 들어주고 그동안 얼마나 힘들고 외로웠을지 공감해 주기로 했다. 나 역시 힘들어 누군가에게 고민을 털어놓는다면 내게 충고하기보다 그저 나의 이야기에 귀기울여주고 나의 감정을 들어주면 된다고 당부하고 싶다.

감정을 해소하고 나면 비로소 문제의 본질이 보이게 된다. 문제의 본질을 알면 나의 관점과 입장에서 문제를 해결하면 된다. 어차피 내게 일어난 문제는 나만이 그 해답을 알고 있다. 말을 물가로 데려갈 순 있어도 물을 먹는 건 말이 해야 하듯이 내 문제는 나 스스로 해결할 수밖엔 없기 때문이다.

누구든 악인이 될 수 있다: 루시퍼 효과

어릴 때는 선인과 악인은 구별되어 있다는 흑백논리로 사람을 판단하고 세상을 바라보기 쉽다. 아마도 어릴 적 읽은 동화의 영향 때문일지 모른다. 대부분의 동화는 권선징악이 주제이고 착한 사람은 복을 받아 잘살게 되지만 악한 사람은 벌을 받게 된다는 내용이 주류를 이룬다. 동화 속 인물은 상황에 따라 변화하는 입체적 인물이라기보다 고정적으로 선한 특성과 악한 특성을 지닌 평면적 인물로 묘사된다. 그렇기에 착한 사람은 착하게만 등장하고 악한 사람은 나쁘게만 나온다. 그러나 우리가 사는 세상에는 악하기만 한 사람도 선하기만 한 사람도 존재하지 않는다. 누구나 상황과 조건에 따라 악인도 될 수 있고 선인도 될 수 있다.

개인적으로는 법 없이 살 것처럼 선하고 순한 사람도 집단

속에서는 악한 행동을 하기도 하는데 이를 '루시퍼 효과(Lucifer effect)'라고 한다. 천사에서 악마로 추락한 루시퍼에서 유래했다. 심리학 분야에서는 고전적 실험으로 알려진 '스탠퍼드 교도소 실험(Stanford prison experiment, SPE)'이 있다. 지극히 평범하고 정상적인 대학생들을 무작위로 교도관과 죄수로 나누어 역할을 수행하도록 했다. 사십팔 시간이 지나자 교도관 역할을 맡은 학생들의 학대 수위가 점차 높아지기 시작했다. 죄수 역할을 맡은 학생들이 더는 견디지 못할 정도가 되어 실험은 오일 만에 중단되었다. 이 스탠퍼드 교도소 실험은 선한 사람과 악한 사람은 따로 정해져 있지 않다는 것을 입증했다. 아무리 선량해 보여도 그 마음속엔 악한 본성이 감춰져 있음을 보여준다. 즉 누구라도 상황이 주어지면 악인이 될 수 있다. 흔히 "자리가 사람을 만든다"는 말을 보여준 대표적 실험이다.

스탠퍼드 교도소 실험과 유사한 실험으로 '밀그램 실험(Milgram experiment)'이 있다. 이 실험은 사람들이 명령에 따라 기꺼이 타인에게 해를 입히는가를 관찰하기 위해 성인 남자 사십 명을 대상으로 실시되었다. 연구 대상 사십 명은 선생님 역할을 부여받았다. 학생들이 오답을 말하면 전기 충격을 가하라는 지시를 받고 그 지시대로 전기 충격을 가하는 실험이었다. 이 실험에서 선생님 역할을 맡은 참가자들은 학생들이 전기 충격을 받고 지르는 비명을 들을 수 있도록 설계되었다. 학생들이 전기 충격으로 벽을 발로 차고 비명을 지르며 괴로워하는데도 더 높은 전기 충격을 가하라는 지시에 따랐다. 사십 명 중 다섯 명만이 지시에 따르지 않고 전기 충격을 가하는 행위를 멈추었다.

이 실험을 통해 보더라도 충분히 스스로 옳고 그름을 판단할 수 있는 성인 남자라고 해도 지시와 명령에 복종해 비도덕적 행위를 자행할 수 있음을 보여준다. 이 실험은 심리학자 스탠리 밀그램(Stanley Milgram)이 나치의 유대인 학살을 이해하기 위해 '복종'을 주제로 전개한 실험이었다.

일상에서 만나면 평범한 이웃집 아저씨일 수도 있는 사람이 명령과 지시에 복종하면서 가학적이고 잔인한 사람으로 순식간에 변모할 수 있음을 잘 보여준다. 지극히 평범한 사람이라도 상황이 주어지면 가학적이고 잔인해질 수 있다. 결국 상황이 사람을 선하게도 만들고 악하게도 만드는 것이다.

레오나르도 다 빈치(Leonardo da Vinci)가 그린 <최후의 만찬>에 등장하는 예수님과 가롯 유다의 모델이 동일인이라는 일화는 너무나 유명하다. 레오나르도 다 빈치가 예수님을 그리기 위해 모델을 찾다가 순수한 한 소년에게서 예수님의 모습을 발견하고 이를 화폭에 담았다고 한다. 그후 나머지 열한 명의 제자의 모습을 모두 그린 후 예수를 밀고한 가롯 유다의 모습을 그리기 위해 모델을 찾았지만 쉽게 찾을 수 없었다. 무려 육 년이 흐른 어느 날 사형을 기다리던 죄수에게서 가롯 유다의 모습을 발견하고 그를 모델로 유다의 모습을 완성시켰다. 그런데 놀라운 것은 그 가룟 유다의 모델이 바로 육 년 전 예수님의 모델이기도 했다는 사실이다. 동일한 사람이 어떻게 살아가느냐에 따라 예수님 같은 성스럽고 고귀한 얼굴에서 가룟 유다와 같은 탐욕스럽고 비열한 얼굴로 변하기도 함을 알 수 있다.

우리 모두는 어떻게 사느냐에 따라 악인도 될 수 있고 선인도 될 수 있다. 나 역시 지금까지 살아오면서 수많은 인연을 만났다. 그 많은 인연 중 어떤 사람은 고마운 사람으로 기억되기도 하고 누군가는 두 번 다시 만나고 싶지 않은 사람으로 기억되기도 한다.

유한한 시간 동안 살다 가는 이 세상에서 가급적이면 누군가에게 선하고 좋은 영향력을 끼치며 살다 가면 좋겠다. 그래서 보면 볼수록 만나고 싶고 만나면 기분 좋아지는 그런 사람이면 좋겠다. 소중한 인연이 닿은 사람들에게 조건 없이 베풀지언정 이유 없이 그들을 이용하려 들진 않을 것이며 나 또한 그들에게 그런 사람이 되면 좋겠다. 점점 더 먹고 살기 힘든 각박한 세상이 되어가지만 자신의 이익과 영리를 위해 이용하려 하기보다 순수한 그리움의 대상으로 그들을 만나고 싶다. 현재의 나를 만들어준 스쳐간 모든 인연에 감사하며 혹시라도 만나게 될지 모를 그들에게 부끄럽지 않은 모습으로 살아야겠다.

인식의 주관성: 라쇼몽 효과

'라쇼몽 효과(Rashomon effect)'란 일본의 유명한 감독 구로자와 아키라가 1950년 촬영한 영화 <라쇼몽>에서 유래한 용어다. 한 사건을 두고도 그것을 보고 경험하는 주체에 따라 달리 해석하는 것을 라쇼몽 효과라고 부른다.

동일한 살인 사건을 두고 각기 다른 증언을 하는 등장인물을 보면 인간은 자신의 입장과 관점에 따라 달리 인식하고 해석하는 존재임을 확연히 볼 수 있다.

구로자와 아키라 감독은 <라쇼몽>으로 1951년 베니스 영화제 그랑프리를 수상했고 다음해에는 아카데미 외국어 영화상을 받았다. 또한 2000년 베니스 영화제 50주년에서도 '최고의 영화'로 선정되는 영예를 안기도 했다. 영화 속 등장인물은 일부러 거짓말을 하는 것이 아니라 자신의 입장에서 기억하고 싶은 것만 기억하기 때문에 동일한 사건을 전혀 다르게 진술하는 것이다.

예를 들어 사과가 있다면 어떠한 이미지가 떠오르는가? 누군가는 맛있는 과일의 이미지가 떠오를 것이고 물리학도라면 뉴턴(Isaac Newton)의 만유인력의 법칙을 떠올릴 것이다. 철학자라면 "비록 내일 지구의 종말이 온다 하여도 오늘 한 그루의 사과나무를 심겠다"라고 이야기한 스피노자(Baruch de Spinoza)를 떠올릴 것이다. 기독교인이라면 에덴동산에서 선악과를 따먹고 아담과 이브가 추방당한 사건을 떠올릴 것이다. 선악과는 오늘날의 사과라는 학설이 지배적이긴 하지만 무화과나 바나나였을 거라는 주장도 있다. 21세기를 살아가는 우리들은 사과 하면 스티브 잡스(Steve Jobs)가 창업한 애플사가 떠오르고 애플 로고가 박혀 있는 노트북이나 스마트폰이 연상된다. 동일한 사과를 놓고도 이처럼 자신이 처한 입장이나 관심사에 따라 전혀 다르게 인식한다. 이를 '인식의 주관성'이라고 한다.

그러다 보니 '상호 주관성(相互主觀性, intersubjectivity)'을 확보하는 것은 매우 어렵다. '상호 주관성'이란 활동에 참여한 사람들이 공유된 이해에 도달하는 것을 뜻한다. 예를 들어 '공'이라는 이미지를 떠올릴 때 누군가는 골프공을 생각할 수 있고 누군가는 축구공을 연상할 수 있다. 또 다른 누군가는 야구공이 떠오를 수 있고 다른 이는 배드민턴 공을 생각할 수 있다. 나는 배드민턴 공을 생각하고 공에 대해 이야기하고 있는데 상대방은 골프공을 생각한다면 서로 간의 오해가 발생하고 '저 사람과는 도무지 말이 통하지 않아'라는 생각을 하게 될 확률이 높다. 그러나 이러한 개인들이 탁구 게임이라는 공통된 경험을 한 후 '공'이라고 한다면 대부분은 탁구공을 연상할 것이다. 이처럼 '공'이라는 말을 듣고 탁구공을 떠올렸다면 그 사람들 간에는 '공유된 이해'에 도달한 것으로 볼 수 있다.

탁구 게임에 참여하면서 공통된 경험을 한 사람들끼리는 '공'이라고 할 때 탁구공이라는 상호 주관성이 확보될 수 있지만 공통된 경험이 별로 없는 사람들 사이에서는 오해가 생기는 것은 어찌 보면 당연한 일일 수 있다. 나 아닌 타인이 나를 이해하고 나의 관점에 공감해 준다는 것은 기적과도 같은 일이다. 사람들이 나빠서라기보다 인간이 지닌 인식의 주관성 때문에 상호 간의 입장 차이가 발생하고 각기 다른 주장을 하는 일이 발생할 수밖에 없는 것이다. 그러므로 도무지 좁혀지지 않는 의견 차이나 입장 차이로 인해 고통받거나 달라도 너무 다른 상대방 때문에 상처받고 있다면 그럴 필요가 없다. 그가 나빠서도 내가 나빠서도 아니다. 자연스러운 현상이며 서로 다른 타자끼리 각자 입장에서 조금씩 양보하면서 적절한 균형점을 찾아나가는 지혜가 필요할 뿐이다. 차라리 '도무지 모를 사람이야'라는 말을 듣는 편이 나을 수도 있다. 상대가 나에 대해 이해한 것처럼 말하는 순간 엄청난 오해가 시작되고 있을지도 모르기 때문이다.

나만의 최선: 자기 중심성

강의할 때 학생들에게 들려준 이야기 중에 <소와 사자 이야기>가 있다. 같은 마을에 살던 소와 사자가 사랑해서 결혼하게 되었다. 소는 최선을 다해 맛있는 풀을 준비해 사자에게 매일 주었고 사자도 최선을 다해 맛있는 고기를 날마다 소에게 주었다. 그런데 사자는 풀을 먹는 게 괴로웠고 소도 고기를 먹는 게 힘겨웠다. 그러다 인내심의 한계가 찾아오고 서로 '나는 최선을 다했어. 더 이상은 못해'라면서 헤어지게 되었다는 이야기다. 이 이야기의 핵심은 상대를 고려하거나 배려하지 못하고 내 입장에서 하는 최선은 결국 최악의 결과를 가져온다는 것이다.

돌이켜보면 나 역시도 나만의 최선으로 이 세상을 살아온 것 같다. 유아기 특징 중 하나가 '자기 중심성(ego-centrism)'인데 이는 동시에 두 가지 측면을 고려하지 못하고 오직 자신의 입장에서만 생각하는 사고 특징이다.

예를 들면 내가 사탕을 좋아하면 상대방도 사탕을 좋아할 거라 생각해서 자신이 가장 좋아하는 엄마나 선생님에게 사탕을 선물하는 행위가 대표적 예다. 그런데 성인이 되었다고 해서 피아제(Piaget)가 말한 것처럼 '탈중심화(decentering)'가 일어나 자기 중심성에서 탈피하는 사람은 극소수인 것 같다. 물론 탈중심화를 동시에 두 가지 측면을 고려할 수 있게 되는 것으로 정의한다면 피아제의 주장대로 학령기 아동의 연령만 되어도 탈중심화가 가능하다. 그러나 자신의 입장보다 타인의 입장을 우선적으로 배려하고 내가 좋아서 해주는 것 말고 타인이 원하는 바로 그것을 해주는 것까지 포함한다면 진정한 자기 중심성에서 탈피한 사람이 얼마나 있을까 생각해 보게 된다.

물론 성인이라면 동시에 두 가지 상황을 고려할 순 있으나 아무래도 자기 입장이 더욱 크게 고려되는 것은 어쩔 수 없는 일인지도 모른다. 상대방보다는 내 입장에서 내가 하고 싶고 좋아하는 걸 해주고는 상대가 기뻐하거나 좋아하지 않으면 나는 이만큼 최선을 다했는데 왜 몰라주냐며 섭섭했던 경험은 누구에게나 있을 것이다.

지인 중 한 명은 서울에서 살다가 오래전에 지방 소도시로 내려가 살고 있다. 서울에 있는 병원을 다니고 있어 몇 달에 한 번씩 서울에 오는데 그때마다 자신은 홀로 계신 어머니를 생각해 어머니 댁에 방문했다고 한다. 오랜만에 딸과 사위를 만나면 어머니가 반가워하실 거라 생각해 피곤해서 바로 집으로 가고 싶었지만 어머니 댁에 방문해 이런저런 이야기도 나누고 점심도 사드리고 나름 효도했다며 만족했다고 한다.

그런데 어느 날 어머니가 겸연쩍어하시며 조심스럽게 이야기를 꺼내시더라는 거다. "나도 내 일정이 있는데 너희가 온다고 하면 아무 일도 못하고 너희들이 올 때까지 꼼짝 않고 기다려야 하니 힘들구나. 앞으로는 서로 시간 약속을 하고 가능할 때 만나는 걸로 하면 좋겠다." 연세가 드셨어도 상당히 활발하게 사회생활을 하고 계셔서 교회에서 개최하는 시니어 스쿨에도 가야 하고 친구들도 만나야 하고 노인정에도 가야 하는데 딸과 사위가 오면 모든 일정을 취소하고 꼼짝없이 집에서 대기하고 있어야 하니 힘드셨던 거다. 지방에 살아 평소 잘 보지도 못하는 딸과 사위이니 섭섭해할까봐 속에 있는 말을 꺼내놓기도 힘들어서 어머니 역시 속앓이를 하셨다고 한다. 내 입장에서 하는 효도는 나만 만족할 뿐 부모님에겐 고역일 수도 있다.

비단 효도 문제만 아니라 사람과 사람 간의 관계에서 나름 상대방에게 잘한다고 한 행동이나 최선을 다했다고 생각한 일이 상대방이 섭섭하게 느끼거나 기분 나쁘게 받아들일 수도 있다.

이십 대 시절, 소중한 사람들에게 책을 선물하곤 했다. 읽고 나서 좋다고 생각한 책 중에 밑줄도 긋고 중요 표시도 해놓은 책을 아끼는 친구들에게 선물했다. 나의 세계를 넓혀주고 새로운 안목을 갖게 해준 소중한 책인 만큼 그 친구에게도 삶의 지혜를 선사해줄 것이라 생각해서였다. 또한 새 책보다는 내게 와닿은 부분을 표시해 놓은 책을 함께 읽는다면 더 많은 교감을 나눌 수 있을 거라 여겨 일부러 손때 묻은 책을 선물했다.

그런데 한 번은 책 선물을 받은 친구가 웃으면서 농담조로 "너 책 버리기 귀찮아서 나한테 주는 거지? 내가 무슨 쓰레기 처리반이냐?"라고 하는 것이 아닌가. 그때 깜짝 놀랐다. '사람마다 생각이 이렇게 다를 수 있구나' 하는 마음이 들어서다. 그 이후부터는 책은 선물하지 않는다. 사람마다 자신에게 울림과 감동을 주는 책이 다 다를 텐데 함부로 내 기준에 맞춰 나와 친하다는 이유로 내가 받은 감동을 강요할 순 없기 때문이다. 내가 좋아하는 것을 상대방도 좋아할 거라는 착각과 오해야말로 미성숙함의 반증일 수 있겠다는 생각이 든다.

가까운 사이일수록 서로를 위해 헌신하고 최선의 노력을 기울이지만 그 방향이 잘못되어 상대방이 원하는 방향이 아닌 나의 만족을 위해 내 입장에서 하는 최선은 아닌지 생각해 볼 일이다. 부모님 입장에선 고역인데 내 입장에서만 효도를 한다고 착각하고 있는 것은 아닌지, 자녀에게 최선을 다한다고 하지만 자녀를 숨막히게 하는 최선은 아닌지 생각해볼 필요가 있다. 상대를 향한 최선이란 내가 좋아하는 것을 상대에게 강요하는 것이 아니라 내가 싫더라도 상대를 위해 기꺼이 해주는 것이다. 다만 사람과의 관계에서만 혼자만의 최선이 존재하는 것은 아닌 것 같다.

내가 가르치는 입장일 때는 원하지 않아도 학생들의 학업성취도를 평가해야만 했다. 강의 시작할 때 평가준거에 대해선 충분히 설명하고 강의계획서에도 이를 안내한다. 그런데도 학생들 중 몇몇은 내 상황이 지금 이러이러한데도 나름 최선을 다했는데 그에 못 미치는 학점을 받아 속상하다며 다시 검토해달라는 의견을 제시한다. 어떤 학생은 자신은 장학금이 꼭 필요한데 교수님 과목 때문에 장학금을 못 받게 되었다며 나에게 책임 전가를 하는 학생도 있다.

평가를 할 때 그냥 대충하지 않는다. 억울한 학생이 없도록 몇 번을 검토하고 다시 검토하여 학점을 부여한다. 그러다 보니 이의 신청을 하여 재검토를 해도 수정할 근거가 없는 경우가 대부분이다. 마음으로는 그 학생의 입장에 공감이 가고 이해가 가지만 상대평가인 성적평가에서 그 학생 입장을 배려하면 열심히 한 다른 학생이 피해를 받을 수 있으니 어쩔 수 없는 경우가 대부분이다. 그 학생 입장에선 최선을 다한 것일 수도 있지만 과제에서 요구한 대로, 평가준거로 제시한 항목에 맞게 최선을 다해야 좋은 학점을 받을 수 있다. 과제에서 요구한 준거는 무시한 채 자기 기준의 최선, 나만의 최선을 다한다면 좋은 평가를 받을 수 없다.

일에 있어 좋은 평가를 받기 위해서는 내 입장에서의 최선이 아니라 평가자가 요구하는 기준에 맞는 최선을 다해야 좋은 평가를 받을 수 있다. 사람과의 관계에서도 마찬가지다. 나만의 최선은 상대에게 가 닿지 않는다. 상대방에게 가 닿기를 바란다면 상대에게 맞는 최선을 다해야 한다. 타인을 이해했다고 생각하는 순간, 바로 오해의 시작이라는 누군가의 말처럼 한 사람 안에는 여러 가지 내면의 스펙트럼이 존재한다. 내면의 스펙트럼이 언제 어떻게 발현될지 알 수 없으니 "열 길 물 속은 알아도 한 길 사람 속은 모른다"는 말도 생긴 것 같다.

세상을 살아가면서 가장 힘든 것이 사람과의 관계라고들 하는 이유도 여기 있는 것 같다. 나 역시도 일 자체보다는 일로 만난 사람들과의 인간관계로 인해 상처도 많이 받고 힘들기도 했다. 가르치는 일도 배우는 일도 모두 즐겁고 좋지만 그 과정에서 어떤 사람들과 만나느냐에 따라 좋아하는 일이 끔찍한 악몽으로 변하기도 했다. 상처받은 마음은 상대에게 최선을 다하기보다는 나 자신에게 최선을 다하라고 당부한다. 하지만 그럼에도 이 세상은 혼자 살 수 없다. 누군가와 함께 협력하며 서로 돕고 살 수밖에 없으므로 나 자신을 위한 최선도 중요하지만 상대방의 입장을 배려하는 최선 역시 중요하다.

우리들은 누구나 수많은 인연을 통해 성장하고 지금까지 살아왔다. 진공상태에서 혼자 살 수 있는 사람은 아무도 없다. 지금까지 우리의 부모님, 은사님, 형제자매, 친척, 친구뿐 아니라 잘 알지 못하는 누군가의 수고와 배려로 이만큼 살아올 수 있었다. 나를 위한 최선도 중요하지만 고마운 누군가를 위한 최선 역시 필요하다. 둘 간의 적절한 균형이 필요한 것 같다.

　　우리들은 함께 어울려 살 수밖에 없는 운명 공동체이므로 결국 타인을 위한 최선이 나를 위한 최선일 수밖에 없다.

나를 주목한다는 착각: 조명 효과

흔히 저지르는 오류 중 하나는 다른 사람이 나에게 보내는 관심을 과대평가하는 것이다. 이를 '조명 효과(spotlight effect)'라고 한다. 실제로 타인들이 생각하는 것보다 자신이 훨씬 더 주목받고 있다고 믿는 것이다. 마치 자신이 연극무대에 선 주인공 배우처럼 스포트라이트를 받고 있다고 생각하는 것이다. 사람들이 자신의 일거수일투족을 예의 주시하고 있다고 착각한다. 그런데 정작 다른 사람들은 자신의 삶을 살기에도 바빠 나에게 신경 쓸 겨를이 없다. 그런데도 다른 사람들이 '나를 어떻게 생각할까?', '나를 어떻게 평가할까?'에 집착하며 타인의 시선에 전전긍긍한다.

인간은 사회적 동물이다 보니 타인으로부터 완전히 자유로울 수는 없다. 누구라도 상호관계 속에서 영향을 주고받는다. 이런 상황에서 다른 사람이 나를 어떻게 생각할지에 대해 신경을 쓰는 것은 어찌 보면 인지상정이라 할 만하다. 그러나 문제는 지나치게 타인의 시선에 신경 쓰며 모든 사람이 자신에게 환호하고 경탄하기를 바라는 욕망이다.

다른 사람이 나에 대해 어떻게 생각할지 지나치게 신경 쓰다 보면 불안감이 엄습한다. 타인의 시선에 일희일비하다 보면 허탈해지고 공허감이 든다. 타인에게 맞추어 살게 되면 늘 타인의 눈치를 살피고 타인이 좋아하고 원하는 것을 따라야만 한다. 결국 주변 사람들이 좋아할 만한 말이나 행동에 목숨 걸게 된다.

사춘기 시절처럼 타인이 나를 어떻게 생각하는지에 유달리 집착하는 시기가 있다. 타인의 시선이 온통 자신에게 집중되어 있다고 착각한다. 자의식이 과잉되어 자신이 남들의 주목의 대상이라고 여기는 것이다. 자신을 무대의 주인공으로 생각하며 나머지 사람들은 전부 자신을 쳐다보는 관객으로 간주한다. 이를 '상상 속의 청중(Imaginary audience)'이라고 한다. 그러다 보니 그 시기에는 자신의 외모에 대해 그토록 신경 쓰고 남들에게 어떻게 보이는지를 늘 염두에 두며 행동한다. 그러나 남들의 시선에 신경 쓰고 남들의 눈치를 살피는 것은 스스로 자신을 타인의 노예로 살도록 하는 것이다. 한 인간으로서 주체적인 삶을 살기 어렵게 만드는 것이다.

나 역시 나만의 착각에 빠졌던 부끄러운 경험이 있다. 학생들 앞에서 강의하는 직업이다 보니 수업 시간에 대부분 학생들과 눈맞춤을 하며 그날의 수업 내용을 전달했다. 내가 설명할 때는 대부분 학생들의 시선이 나에게 쏠린다. 그런데 하필 그날 내 앞니에 미세한 균열이 발생하여 치아 사이가 벌어졌다. 계속 말을 해야 하는 입장이니 학생들이 나를 쳐다보며 나의 미세한 변화를 감지한 것은 아닐까 불편했고 학생들의 시선이 신경 쓰였다. 그래서 학생들에게 아침에 치아 사이에 균열이 발생해 앞니가 벌어져 틈이 생겼는데 치과에 갈 시간이 없어서 바로 수업에 들어왔다며 양해를 구했다. 그랬더니 학생들이 놀라면서 술렁이기 시작했다. 전혀 몰랐다는 것이다. 일순간 '이 나이에도 조명 효과를 경험하는구나' 하는 민망한 생각이 뇌리를 스쳤다.

단순히 사춘기 시기만이 아니라 나처럼 중장년 시기에도 조명 효과를 경험할 수 있다. 자기중심적 특성을 가진 인간이기에 어쩌면 죽는 그 순간까지 조명 효과를 경험하며 살아갈지 모른다. 누구라도 유난히 헤어스타일이 흡족하게 마무리된 날은 자신의 외모가 평소보다 좀 나아 보여 상쾌한 기분이 들기도 한다. 다른 사람이 보면 알아챌 수조차 없는 미미한 변화인데도 자신만 그렇게 생각하는 것이다. 우리 모두는 각자의 삶에 충실하기에도 시간이 부족하다. 타인에 대해 신경 쓸 겨를은 거의 없다. 내 문제만 해결하며 살아가기에도 벅차기 때문이다. 그런데 '다른 사람이 나에 대해 어떻게 생각할까?'와 같은 쓸데없는 것에 신경 쓰며 타인의 시선에 얽매여 산다면 인생에서 정작 중요한 부분을 놓치게 된다. 바로 내가 나의 삶의 주인공이 되는 주체적인 삶을 포기하게 된다.

소위 말하는 체면 때문에 아무것도 하지 못할 수 있다. 그러나 타인은 내가 생각하는 것만큼 나에게 관심이 없다. 타인에게 좋은 평가를 얻기 위해 전전긍긍하며 타인의 노예처럼 살 필요는 없다. 타인의 기대와 시선 따위는 무시해도 좋다. 좀더 당차고 뻔뻔해질 필요가 있다. 타인에게 피해 주지 않고 사회적 규범에 위배되지 않는다면 내가 하고 싶은 것을 당당하게 저지르며 살아갈 용기가 필요하다. 우리가 이 세상에 머물다 가는 시간은 생각보다 짧을 수 있기 때문이다.

자연에 끌리는 이유

예전에도 자연을 좋아했지만 아프고 나서도 자연이 여전히 좋다. 흔히들 나이가 들수록 자연으로 돌아가고 싶다는 말을 하곤 한다. 2012년 첫 방송을 시작한 MBN의 <나는 자연인이다>라는 프로그램은 저마다의 사연을 안고 자연으로 회귀하여 자연과 동화되어 살고 있는 사람들의 모습을 보여주는 프로그램이다.

방송 초창기까지만 하더라도 저런 콘셉트의 프로그램이 얼마나 지속적으로 방송될 수 있을까 하는 회의를 가진 사람들도 꽤 있었을 것이다. 나 역시 그 중 한 명이었다. 그런데도 십 년이 다 되어 가는 지금까지 꾸준한 인기를 얻으며 방영되고 있는 장수 프로그램 중 하나다. 방송에 등장하는 자연인들처럼 전원생활에 대한 로망을 가진 채 살고 있는 사람도 상당수 존재한다.

　도시화가 진행되고 부익부 빈익빈이 사회적 문제로 대두되고 양극화 현상이 피부로 와닿게 되면 될수록 사람들은 자연을 찾는다. 뿐만 아니라 미세먼지, 자동차가 내뿜는 배기가스 등으로 인한 대기오염이나 수질오염, 토양오염이 심각해질수록 자연을 더 많이 찾는다. 메르스, 코로나19 등과 같은 각종 바이러스로 인한 질병이 창궐하면 할수록 자연을 더 찾게 된다. 아픈 사람들의 건강 회복을 위한 요양지로 각광받는 곳도 자연이다. 만성 스트레스에 시달리는 현대인들이 휴가차 떠나는 휴양지도 대부분 자연의 품이다.

　흔히들 자연은 치유의 능력과 회복력을 가지고 있다고 믿는다. 그렇기에 아픈 환우들도 자연 속에서 지내다 보면 심신이 안정되어 치유되고 건강해진다고 여긴다. 이렇듯 자연은 우리를 회복시키고 치유시켜 원래의 건강한 상태로 되돌리는 기능을 가지고 있다. 그렇다 보니 나처럼 신체적 건강문제로 인해 치유가 필요한 사람들이나 스트레스와 우울 등의 정신적 건강 문제로 힐링이 필요한 사람들이 주로 자연을 찾게 된다.

　그런데 이러한 자연이 주는 치유력과 회복력 이외에도 사람들이 자연을 찾는 이유가 또 있다고 한다. 알랭 드 보통(Alain de Botton)은 우리가 자연에 끌리는 이유는 심신을 회복시켜 건강하게 만들어 주는 자연의 치유능력 때문이 아니라 경쟁자로부터 벗어날 수 있고 나를 감시하고 속박하는 군중으로부터 벗어날 수 있기 때문이라고 한다. 인간이 아닌 무언가를 느껴보고 싶기 때문에 그토록 자연에 끌리는 거라고 주장한다.

돌이켜보면 자연은 나에게 어떠한 위협을 가하지도 않았고 스트레스를 주지도 않았다. 나에게서 뭔가를 빼앗아 가려고 시도하지 않았으며 나를 속이지도 않았다. 또한 자신과 나를 비교하며 비교우위에 있다고 우쭐대지도 않았으며 나를 무시하지도 않았다. 나의 모든 것을 평가의 대상으로 바라보며 일일이 지적하거나 간섭하지도 않았다. 언제나 늘 그 자리에서 변함없는 모습으로 머물러줄 뿐이다. 나를 향해 어떠한 잔소리도 어떠한 요구도 하지 않는다.

그뿐 아니라 계절에 따라 신선함과 새로움이라는 옷을 차려 입고 지루하지 않도록 만들어 주기까지 한다. 봄에는 화사한 꽃을 선사하고 여름에는 우거진 녹음을 주고 가을에는 곱게 물든 단풍을 선물하고 겨울에는 흰 눈에 쌓인 대자연의 청량함을 제공한다.

인간관계에서 받은 상처와 고통, 최선을 다해 노력한 경쟁에서의 패배, 나를 흠집 내어 깎아내리려는 사람들, 평가라는 명목으로 나를 비난하는 감시자들의 눈을 벗어나 쉴 수 있는 곳이 바로 자연이기도 하다.

살다 보면 여러 경험을 통해 사람에 대해 자연스럽게 양가감정이 공존하게 된다. 사람은 사회적 동물이기에 타자 없이 살 수 없지만 동시에 타인으로 인해 부정적 감정과 상처를 받기도 한다. 때로는 인간을 벗어난 그 무엇이 그립기도 하다. 바로 자연의 품이다.

자연은 우리에게 쉼과 휴식을 제공해준다. 어떠한 권력이나 힘을 내세워 내가 침묵하고 싶어하는 아픔과 상처를 들춰내거나 그것에 대해 굳이 들으려 하지 않는다. 넘어져 무릎이 까져 피가 흐르고 아픈데도 넘어졌다는 것이 더 수치스러워 당황하고 있는 사람에게 왜 넘어졌는지, 넘어진 과정이 어떠했는지 캐묻지 않는다. 타인의 불행과 아픔을 들춰내 흠집을 내려는 그 어떤 시도도 하지 않는다. 때론 내가 자신보다 일이 잘 풀린다고 해도 나를 시기하거나 질투하지도 않는다. 그저 변함없이 넉넉함과 편안함을 제공할 뿐이다. 정서적 안정감을 제공하고 휴식을 주며 힐링과 치유를 선사한다.

삶이 각박할수록, 경쟁이 치열할수록, 상처로 고통받을수록 더욱 자연에 끌린다. 자유가 제한되고 속박될수록, 억압받고 핍박받을수록, 지치고 힘들수록 자연에 자꾸만 끌린다. 아프고 나서 오히려 자연이 아닌 도심의 한복판에 살고 싶어졌다. 왜냐하면 하던 일을 그만두어 평가와 경쟁에서 자유로워졌기 때문이다. 품위 유지에 대한 책무도 더 이상 없다. 부당하거나 억울한 일을 당해도 조용하게 넘어가려고 참고 또 참을 필요도 없다. 그야말로 나는 자연인이다. 좀더 정확히 표현하자면 자유인이다. 그러므로 역설적이게도 굳이 자연이 예전처럼 그립지 않다. 오히려 병원에 오고 가는 일정이 많다 보니 좀더 병원과 가까운 도심으로 이사 가고 싶을 뿐이다.

그렇다고 자연이 싫어진 건 아니다. 여전히 자연은 좋다. 다만 아프기 이전에 스트레스 받았던 그때처럼 자연이 그립고 자연 속에 살고 싶진 않을 뿐이다. 사람들과 일정 거리를 두고 떨어져 지내는 지금은 외려 사람이 꽃보다 아름답다는 생각을 가끔 하기도 한다. 그만큼 스트레스로부터 여유로워졌다. 혹시 지금 자연이 너무나 그립고 틈만 나면 자연으로 가고 싶다면 그만큼 지치고 힘든 것은 아닌지 자신을 돌아볼 필요가 있다. 자꾸만 자연이 끌린다면 경쟁으로 고통받고 사람에게 상처받은 자신을 외면하고 있는 것은 아닌지 점검해 볼 필요가 있다. 내 안의 부정적 감정이 다이너마이트로 변하기 전에 나를 위한 힐링의 시간이 필요할지도 모른다.

3. 살아 있는 오늘,
지금 행복해야 한다

파도를 만나지 않은 배는 없다: 자기 효능감

「하버드 새벽 4시 반」이라는 책을 보면 "파도를 만나지 못한 배는 없다. 인생이라는 바다에도 역시 온전하기만 했던 배는 없다"라는 구절이 나온다.

이 세상에 파도를 만나지 않은 배가 있을까? 그 어떤 배라도 파도를 피해 갈 수 없다. 그렇기 때문에 상처받지 않은 온전한 배는 존재하지 않는다. 파도가 왔을 때 할 수 있는 행동은 다만 맞서는 것뿐이다. 도망갈 수도 피할 수도 없다. 예기치 않게 엄습하는 파도를 이길 가장 강력한 무기는 파도와 맞설 수 있는 자신감을 갖는 것뿐이다.

우리네 인생도 마찬가지다. 지금껏 살아오면서 고난이나 어려움을 만나지 못한 사람이 있기나 할까? 역경과 시련이 찾아올 때 회피하거나 도피하지 않고 맞설 수 있는 자신감이 필요할 뿐이다.

흔히 사람들은 자신의 인생만 힘들다고 생각한다. 유난히 나에게만 힘든 일과 억울한 일이 많다고 생각한다. 그러나 따지고 보면 인생의 방향이 어떠냐에 따라 맞닥뜨리는 어려움의 종류만 다를 뿐 누구라도 어려움과 역경을 겪는다. 교육대학원 교수로 재직할 때의 일이다. 교육대학원 학생들은 대부분 교사이자 엄마로서 삼십 대에서 사십 대가 주류를 이룬다. 직장생활을 하며 육아와 가사까지 병행하는 것만도 어렵고 힘든데 거기에 자기 공부까지 하려니 그 학생들이 얼마나 힘겨울지는 짐작 가고도 남는다. 그러다 보니 학생들 입장에서는 상대적으로 교수인 나는 팔자가 편하고 좋아서 교수까지 되었다고 생각하는 것 같았다. 가족들 중에 자신들이 공부하는 것에 대해 응원해 주거나 지지해 주는 사람이 하나도 없다면서 푸념을 늘어놓기도 하고 자신이 얼마나 힘들게 공부하고 있는지 하소연하기도 했다.

억울하게 들릴지 모르겠지만 공부는 자기 좋으라고 하는 일이고 엄밀히 말하면 가족의 입장에서야 부인이나 엄마가 공부하지 않고 가족을 돌봐주면 더 편하고 좋은 건 사실일 것이다. 나 역시도 지금까지 공부하면서 누군가의 응원과 지지를 받아본 적 없다. 내가 공부한다고 해서 당장 우리 가족에게 무엇을 해줄 수 있는 것도 아니고 주변에 혜택이 돌아가는 것도 아니다. 다만 나에게 좋을 뿐이다.

우리들은 모두 자기 중심성이 강한 사람이기에 자신의 입장에서만 생각할 뿐이다. 가족이니 오히려 솔직한 심경을 가감 없이 토로할 수 있다. 그러다 보니 공부하는 배우자나 엄마, 형제자매, 딸이 좋아 보일 리 만무하다. 공부하기 이전보다 가족과 보내는 시간도 현저히 줄어들고 신경도 못 써주고 소홀해질 수밖에 없다. 가족 입장에서야 딸이나 배우자를 혹은 엄마를 공부에 빼앗긴 느낌이 드는 건 당연할 것이다.

나도 가족들의 반대를 무릅쓰고 악으로 깡으로 공부했고 그 결과로 학생들을 가르치게 되었는데 그들은 그저 교수라는 내 겉모습만 보고 내가 공부할 수 있는 완벽한 환경을 만나 편안하게 공부해서 교수까지 된 팔자 좋은 사람이라고 생각하는 것 같았다. 내가 겪은 어려움이나 고난을 일일이 열거하거나 남에게 말하지 않았을 뿐 내가 겪은 시련과 역경이 오히려 더하면 더했지 결코 덜하진 않았을 것이다. 어쩌다 가르치는 사람과 배우는 사람으로 인연되어 만났을 뿐 짊어진 삶의 고됨과 무거움은 거기서 거기일 터다.

이 세상의 모든 배가 파도를 만날 수밖에 없는 운명이듯이 우리들도 역경과 고난을 만날 수밖에 없다. 어떤 배는 파도와 정면으로 승부해 파도를 넘어서는 반면 어떤 배는 파도에 조난당해 난파되기도 한다. 사람도 마찬가지다. 누군가는 고난과 시련에 좌절하고 쓰러져 일어나지 못하는 반면 누구는 다시 일어선다. 그러한 차이를 만드는 것은 자기 자신에 대한 믿음, '자기 효능감(self-efficacy)'이다.

앨버트 반두라(Albert Bandura)는 특정한 문제를 자신의 능력으로 해결할 수 있다는 자신에 대한 신념이나 기대감을 '자기 효능감'이라고 했다. 자신의 인생을 스스로 통제할 수 있다는 자기 효능감은 삶의 만족도에 큰 영향을 미친다. 이러한 자부심은 스스로의 삶의 행복감과 만족감을 결정할 수 있다.

자기 효능감과 관련해 한 요양원에서 노인들을 대상으로 하여 실험이 진행되었다. 한 그룹의 노인들에게는 화분을 키우게 하고 돌보는 건 전적으로 혼자 해야 한다는 조건을 제시했다. 다른 그룹의 노인들에게는 똑같이 화분을 키우는데 돌보는 건 관리인이 할 테니 신경 쓰지 않아도 된다고 알렸다. 얼마 후 노인 환자들에게 삶의 만족도를 알아보는 설문 조사를 실시했다. 연구 결과는 화분을 직접 돌보고 관리하는 사소한 일을 스스로 결정하고 실행한 집단이 그렇지 않은 집단보다 삶의 만족도가 훨씬 높았다. 그후 일 년 육 개월이 경과한 후 더욱 놀라운 결과가 나타났다. 화분을 돌보고 관리하는 소소한 결정이나마 할 수 있었던 집단은 사망률이 십오 퍼센트인 반면 아무런 결정권도 갖지 못했던 집단은 사망률이 삼십 퍼센트로 두 배나 높게 나타났다.

스스로의 삶을 자기 스스로 통제할 수 있다는 자기 능력에 대한 판단과 믿음인 자기 효능감은 삶의 만족도와 행복에 영향을 미칠 뿐 아니라 인간의 수명에까지 영향을 미쳤다.

인생의 파도가 휘몰아칠 때, 나 스스로가 파도를 통제할 수 있다고 믿는 자기 효능감이 있다면 어떤 어려움이 찾아와도 잘 극복해 나갈 수 있을 것이다. 반면 스스로를 믿지 못하고 외부의 도움의 손길에 의존하거나 '지지리 운도 없지', '아이고 내 팔자야'라고 운명을 탓해봐야 휘몰아치는 파도 앞에선 아무 소용 없다. 아무런 준비나 대비 없이 하늘만 원망해봐야 파도에 잠식당하거나 조난당할 확률만 높아진다.

나는 "사람은 모두 자신의 신이다"라는 말을 참 좋아한다. 고난과 역경의 순간, 인생의 파도가 나를 덮쳐올 때 나를 구원하고 위기를 극복하도록 돕는 사람은 나 자신이어야 한다. 내가 나의 수호신이 되어야 한다. 수호천사가 되어야 한다.

누구도 나만큼 절박하지 않다. 간절하지도 않다. 내가 느끼는 강도만큼 나의 위기를 절절하게 받아들이는 사람은 없다. 너무나 당연하게도 그 사람은 내가 아니기 때문이다. 가족이라고 나의 고난과 어려움을 나만큼 느끼진 못한다. 그 사람이 나빠서가 아니다. 자기중심성이라는 한계를 지닌 인간이기 때문이다. 다른 사람을 탓하거나 운명을 탓하지 말자. 나 자신을 믿고 내게 일어나는 모든 문제는 내가 통제하고 처리할 수 있다는 믿음을 갖자. 서툴고 부족하지만 나를 믿어보자. 나에게 스스로 헤쳐나갈 수 있는 기회를 주자. 내가 나를 믿는 만큼 멋지게 파도를 이겨내고 오히려 파도를 발판 삼아 더 멀리 나갈 수 있게 될 것이다.

위기와 기회는 한끗 차이다. 고백하자면 나 역시도 모든 성장은 위기의 순간에 이루어졌다. 누구나 파도를 만난다. 파도를 만나지 않은 배는 없듯이. 이제부터라도 파도가 밀려온다면 망설이지 말고 나 자신을 믿고 파도에 올라탈 준비를 하자. 파도를 넘어선 사람에겐 또 다른 기회의 땅이 펼쳐질 것이다.

누구에게나 밤은 찾아온다

인생엔 '고통 총량의 법칙'이라는 게 있다고 한다. 일생 동안 겪어야 하는 고통의 총합은 그 시기가 다를 뿐 누구나 같다고 한다. 아플 만큼은 아파야 한다는 것이다. 누구나 그 나름의 고통과 좌절이 있다는 말이기도 하다. 각기 사연과 종류만 다를 뿐 일생에서 만나게 되는 고통과 고난의 총량은 누구에게나 동일하다는 것이기도 하다. 어떤 사람은 인생에서 겪어야 할 고통이 대부분 초년에 쓰나미처럼 밀려올 수도 있다. 또 다른 사람은 중년에 인생의 역경이 토네이도처럼 몰아칠 수 있다. 어떤 이는 인생의 말년에 가서야 핵폭탄급 고난을 겪을 수도 있다. 어느 시기에 집중되어 있든 고통은 사람이라면 누구나 다 겪어야 하는 것이고 그 총량은 공평하다는 것이다. 어두운 밤이 찾아와 앞이 보이지 않고 의지할 불빛조차 없어 캄캄한 어둠 속을 헤매야 할지라도 살아있고 앞으로 나아가고 있다면 희망은 있다. 계속 가다 보면 언젠가 새벽은 찾아오고 아침은 밝아온다. 마치 끝나지 않을 것 같은 긴 터널을 통과하는 것처럼 가도 가도 끝없는 정적과 어둠뿐이라는 생각이 들지라도 언젠가 터널은 끝나기 마련이다.

날실과 씨실처럼 낮과 밤은 오묘하게 교차하며 우리의 인생이라는 시간을 완성시킨다. 마치 밀물과 썰물이 교차하듯이 우리 삶에 있어서도 낮과 밤은 교차한다. 낮만 있으면 좋을 것 같지만 밤 역시 우리들에겐 필요한 시간이다. 식물들은 대부분 밤에 성장한다. 어둠이 없이 가로등으로 인해 낮 같은 밤이 지속되면 벼 이삭이 여물지 못한다고 한다. 실제로 농촌진흥원 조사 결과에서도 야간의 전등이나 불빛으로 인해 어둡지 않아 벼, 보리, 밀 등 농작물의 수확량이 21%나 감소되었다고 보고된 바 있다. 밤에 고층 건물의 불만 꺼도 창문에 부딪혀 죽는 새의 숫자를 83%나 줄일 수 있다고 한다. 호숫가에도 밤새도록 가로등 불빛이 켜져 있으면 호수 속 동물성 플랑크톤이 자라지 못해 녹조류가 증가하고 수질이 악화된다고 한다. 뿐만 아니라 낮 같은 밤이 지속되면 곤충 대재앙의 원인이 되기도 한다. 불빛에 노출된 나방 등의 곤충이 포식자에게 잡아먹히거나 야행성 곤충의 경우 불빛으로 인해 먹이 찾기가 힘들어진다. 반딧불이와 같이 자연 발광으로 짝짓기를 하는 곤충들은 인공조명으로 인해 수

컷이 혼란에 빠져 짝짓기를 방해받기도 한다.

　동물과 식물에게만 어두운 밤이 필요한 건 아니다. 낮 같은 밤이 지속되면 우리 인간들도 생체 리듬에 영향을 받아 면역력이 저하된다고 한다. 특히 밤에 인공조명에 과도하게 노출되면 여성의 경우 유방암 발생률이 증가하고 남성의 경우 전립선암 발생률이 높아진다는 연구 결과도 있다.

　건강상 이유로도 어두운 밤은 필요하지만 우리 내면의 성숙과 내적 성장을 위해서도 어두운 밤은 필요하다. 우리들의 내면이 성장하고 성숙하는 것은 대부분 밤 시간에 이루어진다. 뿐만 아니라 새로운 아이디어의 탄생도 밤에 이루어지곤 한다. 일본 아오모리현의 유명한 합격 사과 역시 밤이라는 고통의 시간을 지나면서 탄생되었다.

　1991년 9월 일본 아오모리현은 미어리얼이라는 강력한 태풍으로 인해 큰 피해를 입었다. 아오모리현은 일본뿐 아니라 세계적으로 유명한 사과 생산지인데 태풍으로 인해 사과의 90%가 피해를 입게 되었다. 그나마 남은 10%의 사과도 상처가 나거나 긁힌 것이 많아 상품으로서의 가치가 거의 없었다. 그야말로 아연실색할 만한 상황이고 절망할 수밖에 없는 상태였다. 그러한 상황에서 한 농부의 역발상 덕분에 사과 농가들은 구사일생으로 회생할 수 있었다. 그 농부는 떨어지지 않고 남아 있는 10%의 사과에 집중했다. 모진 태풍에도 떨어지지 않고 악착같이 살아남은 사과라는 점에 착안했다. 태풍도 견디고 이겨내 떨어지지 않은 사과이기에 이 사과를 먹으면 누구라도 시험에 떨어지지 않을 수 있다고 생각했다. 이러한 그의 생각을 '합격 사과'라는 이름으로 시장에 출시했다. 두세 배 비싼 가격에 판매되었음에도 사과는 날개 돋친 듯 팔렸다. 예기치 않게 태풍이라는 밤이 찾아왔지만 이에 굴하지 않고 역발상으로 위기를 기회로 전환시켜 합격 사과를 탄생시킨 것이다. 태풍이 사과를 떨어뜨리고 농부들을 흔들 순 있었지만 무너뜨릴 순 없었다.

누구에게나 절망의 시간은 찾아온다. 고난과 역경의 밤은 어김없이 찾아온다. 그러나 어두운 밤이라고 반드시 나쁜 것만은 아니다. 낮만 있으면 좋을 것 같지만 밤이 없다면 낮이 얼마나 소중한지 알지 못한다. 생명체로서 동식물이나 우리 인간들 모두에게 어두운 밤은 필요하다. 어두운 밤이 있기 때문에 생체리듬을 유지하며 살아갈 수 있다. 내면의 성장과 성숙을 위해서도 밤은 필요하다. 눈부신 아이디어로 비약적 발전을 할 수 있는 도약은 주로 밤 시간에 이루어진다. 내면이 성숙해지고 한 뼘 더 성장할 수 있는 진보의 순간도 밤에 찾아온다. 누구에게나 예외 없이 밤은 온다. 밤이 찾아오면 감사하자. 나를 살찌우고 건강하게 만들어주는 선물임을 기억하자. 지혜롭게 밤을 헤쳐 나가다 보면 언젠가 눈부신 아침을 맞이하게 될 것이다. 내일은 내일의 태양이 떠오를 테니까.

기다림: 인고의 시간

며칠째 비가 올 듯 하늘만 찌푸렸다가 비 한 방울 내리지 않는다. 어떤 날은 하늘이 잔뜩 흐리면서 천둥소리가 들리기도 한다. '오늘은 비가 오려나보다.' 묘한 기대감이 들지만 이내 다시 하늘이 말갛게 갠다.

하루에도 몇 번씩 비가 올 듯 말 듯 변죽만 울리다 다시 개길 여러 차례 인내심이 바닥나려 한다. 이토록 비를 기다려본 적이 있던가? 차라리 말간 하늘이 계속되면 비가 오리라는 기대는 하지 않는다. 비가 올 듯 말 듯하면서 내리지 않는 무수한 반복이 사람을 지치게 만든다. 비가 오길 기대조차 하지 않던 나도 이런 날이 반복되자 비가 내리길 애타게 고대하게 된다.

무언가를 혹은 누군가를 기다리는 것도 마찬가지다. 아예 가능성이 없다고 생각하는 건 기대하지도 기다리지도 않는다. 누군가 올 것 같고 올 때가 된 것 같은데 오지 않으면 기다리게 된다. 무언가 이루어질 것 같은데 이루어지지 않으면 고대하게 된다. 수많은 고비를 넘겨 이제 막 뭔가 결실을 맺으려 할 때, 온갖 어려움을 이겨내고 이제 막 꽃이 피려는 순간, 그 순간의 기다림이 가장 고통스럽다. 눈앞에 빤히 보이는데 다다를 수 없으니 조바심이 나고 초조해지기까지 한다.

우리 모두는 무언가를 기다린다. 입학했으면 졸업을 기다리고 졸업한 후에는 입사나 자격증 취득, 원하던 시험에 합격하길 기다린다. 일상의 시간도 기다림으로 채워진다. 아침에 출근하면 점심시간을 기다리고 점심시간이 지나면 퇴근을 기다린다. 때로는 누군가의 연락을 기다리기도 하고 누군가와 만날 약속을 손꼽아 기다리기도 한다. 어떤 사람은 결혼식을 기다리고 또 다른 이는 자녀의 탄생을 기다리고 누군가는 크리스마스를 기다린다.

우리 삶은 기다림의 연속이다. 인생의 각 시기마다 한 단계를 넘고 다음 단계로 도약하려면 항상 뭔가를 기다리게 된다. 올 듯 말 듯 내리지 않는 비처럼 기다림의 순간은 애타고 절절하다. 끊임없이 인내심의 한계를 시험하는 여정이다. 기다리는 것이 간절하면 간절할수록 기다림은 더욱 고통스럽다. 혼신의 힘을 쏟아부어 마지막 발걸음조차 뗄 수 없을 만큼 힘들 때 포기하지 않고 무심한 듯 담담히 내딛는 한 걸음, 한 걸음이 기다리던 소식을 들을 수 있게 해준다.

나 역시도 살아오면서 거저 이룬 건 없다. 남들 보기엔 성취라고 하기조차 낯간지러운 그저 그런 일조차 거저 주어지진 않았다. 포기하기 직전까지 가길 여러 번, 그 고비를 넘기고 더는 못하겠다 싶은 순간까지 가서야 겨우 이뤄낼 수 있었다. 운전면허 시험만 해도 수입인지가 덕지덕지 붙어 더는 붙일 공간이 없어 새로 발급받은 후에야 합격할 수 있었다. 필기시험은 한 번에 합격했지만 코스 기능 시험이 어려웠다. 1990년대 초에 운전면허를 취득했는데 그 당시엔 오토기어로 시험을 보는 자동면허라는 것 자체가 없었다. 수동기어로만 시험을 볼 수 있었고 차량 상태도 좋지 않은 것이 많아 시동도 제대로 걸리지 않아 불합격 처리된 적도 여러 번이었다. 나중엔 포기하고 싶은 유혹이 스멀스멀 올라왔다. '이번에 안 되면 포기하자'라고 결심하고 도전한 마지막 시험에서 운전면허를 취득할 수 있었다.

"봄이 오기 전이 가장 춥고 해 뜨기 전이 가장 어둡다"는 말처럼 한 단계에서 다음 단계로 도약하는 그 순간의 기다림이 가장 어렵고 힘들다. 세상에 공짜는 없다. 무언가를 이루기 위해서는 누군가에게 가 닿기를 원한다면 그에 합당한 대가를 지불해야 한다. 그것이 '노력'이든 '성실'이든 '희생'이든 '용기'든 '인내'든 대가를 치르고 버텨내야 한다. 그 기다림의 시간, 인고의 시간조차 지혜롭고 알차게 보낼 수 있다면 더 이상 바랄 게 없다.

영화 <터미널>에서는 주인공 빅터가 목적지인 뉴욕을 눈앞에 두고 뉴욕에 입성할 수 없어 공항에서 기약 없이 기다리는 이야기가 나온다. 빅터는 돌아가신 아버지와의 약속을 지키기 위해 뉴욕에 왔는데 뉴욕에 오는 동안 그의 조국 '크로코지아'에서 쿠데타가 일어나 유령 국가가 되어 여권이 무용지물이 된다. 여권이 무효가 되니 고국으로 돌아갈 수도 뉴욕에 갈 수도 없게 된다. 그가 있을 곳은 오직 뉴욕의 JFK 공항뿐이다.

자신의 의지와 상관없이 공항에 억류된 상황임에도 빅터는 그 순간조차 빛나고 소중한 시간으로 만들어 버린다. 마음을 나눌 벗을 만들고 사랑하는 사람을 만나고 일자리까지 얻는다. 예기치 않게 찾아온 막연한 기다림의 순간을 어떻게 보내야 하는지 숙고해 보게 하는 영화다.

인생이 기다림의 연속이라면 이 시간 또한 지루하거나 짜증스러운 순간이 아니라 의미 있고 행복한 순간으로 보낼 수 있는 지혜가 필요하다. 무언가를 기다리느라 지쳐 초조하고 불안하게 현재를 살면 삶이 피폐해진다. 지금 이 순간을 소홀히 여기며 기다림에만 집착하면 삶이 황폐해진다. 간과하지 말아야 할 것은 무언가를 기다리느라 허비한 그 순간도 내 인생이라는 거다. 다음 단계로 나가기 위한 성취도 의미 있지만 그 인고의 시간도 소중한 인생의 한 순간이기에 빅터처럼 재미있고 의미 있게 보내면 좋겠다.

　도종환 시인의 "흔들리지 않고 피는 꽃이 어디 있으랴"는 시 구절처럼 누구에게나 한 단계 도약을 위한 인고의 시간, 기다림의 순간은 있다. 그 순간을 막막하고 지루하기만 한 시간이 아니라 행복한 순간으로 사는 거다. 초조하고 불안한 시간이 아니라 의미 있고 보람된 순간으로 살아내는 거다. 기다림이라는 인고의 시간이 우리에게 주어진 숙명과도 같다면 그 시간마저 더할 나위 없이 소중하고 아름답게 살아내는 거다. 흔들리지 않고 피는 꽃은 없듯이.

운을 믿으세요?: 바넘 효과

살다 보면 예기치 않게 찾아오는 감기처럼 원하지 않아도 변화의 바람이 불어온다. 그동안의 삶의 패턴을 완전히 바꾸어야 하는 인생의 변곡점이 찾아오면 누구라도 한 번쯤 운명에 대해 생각해 보게 된다. 나 역시도 그랬다. 내 인생의 변곡점은 소소하게 보자면 여러 차례 있었지만 삶을 송두리째 바꾸어 놓을 만한 큰 변화는 두 번 정도 있었다. 대부분 좋은 일이라기보다 개인적 아픔의 시간들이었다.

인생의 변곡점에 도달하면 걷던 길이 갑자기 없어진 것처럼 앞이 잘 보이지 않는다. 어디로 가야 할지 갈피를 잡을 수 없게 된다. 평소 운명이나 운세에 관심이 없던 사람도 이런 시기엔 모호함과 불안함 때문에 운명이니 운세니 하는 것에 매달리게 된다. 그동안 해오던 일이 아닌 낯선 새로운 일에 도전하거나 전혀 경험해 보지 않은 새로운 길을 가야 하는 경우 불확실성은 배가 된다. 새로운 무언가에 도전하는 것은 불확실한 안갯속을 걷는 느낌이다. 이런 순간 누군가 나타나 타고난 운명이나 팔자 때문이라고 이야기하면 솔깃해진다.

점술이나 운세에 크게 의존하지 않고 운을 믿지 않는 사람도 학창 시절 별자리 성격 테스트나 혈액형 성격 테스트를 한 번쯤 해본 적 있을 것이다. 별자리 성격이니 혈액형 성격이니 하는 것은 특정한 사람에게 국한되기보다 누구에게나 해당되는 보편적 이야기인 경우가 대부분이다.

그럼에도 마치 '이건 내 이야기야' 하고 받아들이는 경향이 있다. 이러한 심리 현상을 '바넘 효과(Barnum effect)'라고 한다. 명확한 근거 없이 모호하고 누구에게나 해당되는 보편적 묘사로 평가했을 때 대부분의 사람들이 자신의 이야기라고 받아들이는 현상이다.

우리들은 누구나 노력하며 산다. 자신이 할 수 있는 최선의 노력을 다하는데도 누군가는 성공하고 누군가는 실패한다. 그러다 보니 운칠기삼(運七技三)이라는 말도 있다. 운이 칠할이고 재주나 노력이 삼할이라는 의미다. 즉 성공은 재주나 노력보다는 운에 달려 있다는 뜻이다. 누구나 노력하며 살지만 성공하는 사람은 소수이기 때문이다. 그러다 보면 점점 운에 매달리게 되고 누구에게나 해당하는 모호하고 보편적 운세가 마치 자신의 이야기라고 믿는 바넘 효과를 경험하게 된다.

인생의 변곡점을 지나고 있다면 그래서 운명이니 사주팔자니 하는 것에 흔들린다면 내가 경험하고 있는 것이 바넘 효과는 아닌지 생각해 보면 좋겠다. 터널에는 끝이 있기 마련이다. 아무리 긴 터널도 계속 가다 보면 반드시 출구가 나온다. 환한 햇살이 기다려주는 구간은 반드시 나온다. 음지가 있으면 양지가 있다. 내리막이 있으면 오르막이 있기 마련이다. 모호하고 불확실한 순간을 지팡이나 지지대도 없이 버티며 안갯속을 걸어가고 미로속을 벗어나는 것이 쉽지만은 않다. 그러나 운명이나 사주팔자가 이러한 문제를 해결해주지는 않는다. 그저 내가 해야 할 최선을 다하고 기다리고 버티면서 이 시기를 지나가다 보면 생각하지 못한 따사로운 햇살을 맞이할 수 있다.

학습된 무기력으로부터의 탈출

아프기 전까지 나는 부당한 대우를 받아도 참았고 내 잘못이 아닌 일에도 다투거나 싸우기 싫어서 양보하고 그냥 넘어갔다. 어차피 싸워봐야 똑같은 사람으로 보일 뿐이고 '똥이 무서워서 피하나, 더러워서 피하지'와 같은 무수한 자기 합리화를 하면서 표면적으로 그 누구와도 대립하지 않고 평화롭고 조용하게 사는 편을 택했다.

물론 내면의 나는 억울했고 매번 양보만 하며 사는 나 자신이 답답했다. 격하게 싸우더라도 치열하게 내 주장을 하며 끝까지 억울한 일은 바로잡았어야 했는데 그렇게 살지 못했다. 늘 '좋은 게 좋은 거야', '착한 끝은 있기 마련이지', '때린 사람은 발 뻗고 못 자지만 맞은 사람은 발 뻗고 자.' '안 참으면 똑같은 사람 되는 거야'라는 가족들의 말을 들으며 착한 여자 콤플렉스에 걸린 것처럼 그렇게 살았다. 좀더 사납고 난폭하게 보일지라도 억울한 일은 시시비비를 가렸어야 했고 바보처럼 착하게 이용만 당하지 않도록 좀더 나 스스로를 지켰어야 했다.

그런데 하필 암 투병의 정점이라고 할 수 있는 항암 치료를 받던 중 사건이 터졌다. 우리 집 천장이 새기 시작한 것이다. 윗집과는 층간소음 문제로 좀 불편한 마음이 있었지만 웬만하면 그래도 참고 견뎠는데 집 천장에 물이 새는 것은 견디기 힘들었다. 관리사무소에 이야기하고 관리사무소장과 시설설비 책임자에게 현장을 보이자 윗집이 해결해야 할 문제라고 했다. 하지만 윗집에서는 자신의 집에서 새는 것이 아니며 자신들의 책임이 아니라고 발뺌을 했다.

법률자문도 받아보고 여러 곳에 물어보았지만 대답은 모두 윗집에서 수리해 주어야 한다는 것이었다. 그런데도 윗집 주인은 자신은 책임이 없으니 마음대로 하라는 식으로 나왔다. 마치 조폭 두목이 연상되는 우락부락한 외모에 덩치가 큰 사람이었다. 빌라를 지어 파는 건축업자인데 이런 문제로 민사소송 걸린 것만 해도 셀 수 없을 정도라며 마음대로 하라고 으름장을 놓았다.

살면서 이런 부류의 사람을 만난 적은 처음이었다. '적반하장도 유분수지'라는 말이 절로 나왔다. 나 대신 이 문제를 처리해 줄 사람은 아무도 없었다. 항암 치료로 인해 머리카락이 다 빠져 두건을 쓰고 먹는 것도 제대로 먹지 못하고 내 몸 하나 가누기 힘들었지만 내가 나서야 했다. 처음엔 중재를 하려던 관리사무소에서도 윗집 주인이 '중립을 지켜야지 왜 아랫집 편을 드느냐'며 협박조의 항의를 하자 입장이 바뀌었다. 관리사무소에서는 자신들은 더 이상 중재할 수 없으며 당사자 간 해결해야 할 문제라며 선을 그었다. 그 집을 소개해준 부동산 중개업소에서도 하자 문제를 제기할 수 있는 법적 기간이 지났으니 자신의 책임이 아니라고 회피하기 바빴다.

가족들조차 민사소송까지 가보아야 승소하리라는 보장도 없고 비용만 발생할 수 있으니 참고 내가 비용을 부담해 고치라고 했다. 변호사 비용이며 재판에 드는 제반 비용이 수리비용보다 더 많을 수 있다며 실리적 측면에서 생각하라고 조언했다.

그동안 나는 다툼이나 분쟁을 일으키면 안 된다는 강박을 학습해 내 권리를 찾아야 하는 억울한 순간에도 무기력하게 대응했다. 마치 서커스단의 코끼리가 무기력을 학습하듯 나 역시 동일했다. 서커스단에 어린 코끼리가 들어오면 도망가지 못하게 쇠사슬을 묶는다고 한다. 코끼리는 도망치려고 발버둥치지만 이내 도망칠 수 없다는 사실을 알고 단념하게 된다. 어른이 된 코끼리는 어릴 때와는 비교할 수 없을 만큼 엄청난 힘이 생겨 쇠사슬을 끊고 당장이라도 도망갈 수 있음에도 쇠사슬을 끊고 도망가려 하지 않는다. 이미 무기력이 학습되어 '어차피 도망가는 것은 불가능하다'는 생각 때문이다.

이를 긍정심리학의 태두 마틴 셀리그만(Martin E. P. Seligman)은 '학습된 무기력(learned helplessness)'이라고 했다. 아프기 전까지의 내 삶도 서커스단의 코끼리와 흡사했다. 늘 다른 사람들과 사소한 다툼이나 소란을 일으키지 않고 문제없이 지내야 한다는 강박관념 때문에 내 잘못이 아님에도 참고 양보하는 건 항상 나였다. 생각해 보면 그런 억울한 일들이 쌓여 마음의 응어리가 되어 유방암에 걸렸을지도 모른다는 생각이 들기도 한다.

하필이면 내 인생에서 가장 힘든 시기인 항암 치료 중 누수 문제까지 발생하다니 '엎친 데 덮친 격'이라는 말이 실감났다. 지금까지 살아온 대로 이번에도 내가 알아서 수리하고 도배도 하고 누수탐지기로 원인을 알아보기 위해 집 현관문을 개방해 준 윗집에 오히려 감사를 하는 바보 같은 '이전의 나'로 살고 싶진 않았다. 어쩌면 죽을지도 모를 내가 처음이자 마지막으로 억울함이라도 풀고 원한 없이 이 세상을 하직해야 할 것 같았다. 미안하다고 사과하기는커녕 조폭처럼 민사소송 해볼 테면 해보라고 협박까지 하는 뻔뻔한 윗집 주인에게 아직 이 세상의 '정의는 살아있다'는 것을 똑똑히 보여주고 싶었다. 더는 가족들이 말하듯 참고 살진 않으리라 다짐했다. 학습된 무기력의 쇠사슬을 끊고 내가 당연히 받아야 할 보상은 받아야 한다고 결심했다.

그후부터 분주하게 움직이기 시작했다. 아픈 몸을 이끌고 법률구조공단에 가서 상담도 받아보고 이웃분쟁조정센터를 소개받아 전화 상담도 했다. 내 모든 상황을 이야기하고 도움을 요청했다. 고맙게도 중재해 주겠다는 반가운 소식을 접했다. 그런데 또 극복해야 할 난관이 있었다. 윗집 주인의 연락처와 이름을 알아야 했는데 관리사무소에선 개인정보 보호라는 미명 아래 협조해 주지 않았다. 관리사무소 소장과 직원들까지 협박할 정도니 관리사무소에서는 아예 분쟁에 개입하고 싶지 않았던 것 같다. 명백히 윗집에 과실이 있음에도 힘없는 암환자는 외면하고 자신들에게 위협을 가하는 윗집 주인의 편에 서는 관리사무소 소장과 직원들이 한없이 야속했다.

이 세상은 약육강식이 지배하는 승자독식 사회라는 걸 모르던 바는 아니었지만 이렇게 억울한 일을 당하자 뼈저리게 분노가 치밀었다. 어쩌면 그동안 참기만 하면서 쌓인 '내 안의 분노와 한'이 이번 일을 계기로 폭발하는 것 같았다. '기필코 내 권리를 지켜 내리라' 아픈 몸을 이끌고 다짐하고 또 다짐했다.

다행히 우여곡절 끝에 집주인의 이름과 연락처를 알아낼 수 있었다. 이웃분쟁조정센터에서 개입하자 윗집에서는 누수탐지기로 원인을 찾아내는 것까지는 협조해 주었다. 누수탐지기로 원인을 찾아내지 못했지만 다행히 이런 경우 에어컨 배수 호스 문제 때문이라는 수리 기사님의 추론 덕분에 윗집에서 에어컨 배수 호스를 밖으로 빼겠다고 약속했다. 그후 누수 문제는 해결이 되었지만 누수탐지기 비용과 천장 도배 비용이 남았다.

내 잘못이 아닌 윗집의 잘못으로 인해 발생한 문제인데 내가 이 비용을 감당하는 것은 너무도 억울했다. 가족들은 그렇게라도 해결된 게 어디냐며 더 이상 시끄럽게 하지 말고 내가 비용을 부담해 처리하라고 했다. 하지만 난 윗집 주인에게서 단 한 마디의 사과도 듣지 못했고 일부러 협조해주지 않아 시간을 끌며 괴롭혔던 것을 생각하면 정신적 손해배상까지 받아내고 싶은 심정이었다. 내 인생 최악의 힘든 시기에 발생한 이번 일만큼은 격하게 서럽고 억울했다. 아무도 도와주지 않는 힘없는 암환자의 외로운 싸움일지라도 부당함을 바로잡고 억울함을 해소하고 싶었다.

이웃분쟁조정센터에 현재까지의 진행 상황을 보고하며 보상받을 수 있는지를 문의했다. 100% 보상해 주어야 한다는 입장이었다. 누수탐지기 비용은커녕 도배비용조차 한푼도 줄 수 없다고 완강히 버티던 윗집 주인이 얼마 후 태도가 변해 자신이 누수탐지기 비용과 도배를 해주겠다고 약속했고 그 약속을 이행했다. 물론 정신적 손해배상까지 받아내진 못했다. 그러나 평소 같았다면 이런 용기를 내지도 못했을 테고 분쟁 없이 최대한 조용히 살자는 입장을 고수하며 발생한 모든 비용은 내가 처리하고 넘어갔을 것이다. 이만하면 장족의 발전이었다. 그렇게 누수 문제는 마무리되었다.

그때의 내가 용기 내지 않았다면 당연한 내 권리조차 지키지 못할 뻔했다. 이웃분쟁조정센터의 고마운 분들이 없었다면 내 권리를 지킬 수 없었다. 그러나 그분들을 제외하곤 어느 누구도 힘없는 암환자의 편은 없었다. 만약 그때조차 힘 없으면 부당해도 참고 억울해도 참아야 한다는 학습된 무기력의 쇠사슬을 끊어내지 못했다면 어땠을까? 두고두고 후회가 남았을 것 같다.

　　좋은 게 좋은 것만은 아니었다. 더러워서 피하면 계속 더러운 일만 당할 수도 있다. '착하게 살자', '참고 살자'는 학습된 무기력의 쇠사슬을 끊고 당당하게 세상과 맞장뜨며 내 권리는 스스로 지켜내며 살아갈 용기가 필요하다. 아프고 나서야 가슴에 응어리질 일을 만들지 말고 살아야 함을 깨달았다. 억울한 일을 당해도 참는 건 평화주의자가 아닌 비겁한 자의 변명이다. 부당한 일을 당해도 참는 건 '목구멍이 포도청'이어서가 아니다. 학습된 무기력을 끊어낼 용기 없는 자들의 변명일 뿐이다.

　　죽기를 각오하고 바로잡으려 애쓴다면 무엇이 두렵고 겁나겠는가. 다음 세대를 위해서라도 공평하고 공정한 정의 사회가 구현되도록 좋은 선례를 남기며 살고 싶다.

프레임의 변화

옛날 어느 마을에 할머니 한 분이 살고 계셨는데 그 할머니는 늘 근심에 가득 찼다고 한다. 날이 맑으면 맑아서 비가 오면 비가 와서 걱정이었다. 그 연유를 물어보니 첫째 아들은 우산 장수이고 둘째 아들은 짚신 장수여서 비가 오는 날엔 둘째 아들 걱정에 한숨이 나오고 맑은 날엔 첫째 아들 생각에 근심이 떠나지 않는다고 하는 것이다. 그래서 길 가던 나그네가 할머니에게 "이제 생각을 좀 바꿔보세요. 비가 오면 첫째 아들이 우산을 많이 팔아 좋고 날씨가 맑으면 둘째 아들이 짚신을 많이 팔아 좋잖아요"라고 했다. 이 말을 듣고 있던 할머니는 이내 표정이 밝아지더니 "옳거니! 그렇게 생각하니 그렇구려" 하더라는 거다. 그리곤 웃음을 되찾았다고 한다.

이처럼 동일한 사건을 어떻게 보느냐에 따라 다르게 해석된다. 관점의 차이가 나를 행복하게도 불행하게도 만들 수 있다. 세상사 모든 일들은 마음먹기 달렸다.

아프면서 외식하기가 두려워 사 먹는 음식은 잘 먹지 않는다. 한 번은 어머니가 평소 좋아하시던 메밀국수가 드시고 싶다 해서 어머니를 모시고 메밀국수 전문점에 갔다. 메밀국수 육수에 갈아놓은 무와 썰어놓은 파, 김가루를 넣고 연겨자를 넣은 후 메밀국수를 적셔 먹으면 정말 맛있다. 그런데 그날따라 김가루가 들어 있는 그릇이 미끄러워 놓치는 바람에 바닥에 쏟고 말았다. 평소 그런 실수를 잘하지 않는 편이라 몹시 당황스러웠고 미안해 몸 둘 바를 몰랐다.

대개는 그런 경우 응대하는 분들이 말로는 괜찮다고 하면서도 약간 성가신 듯 무표정으로 일관하는 것을 여러 차례 목격한 바 있다. 지금까지 보아온 대로 무표정으로 귀찮은 듯 응대하리라 예상하며 테이블 담당자를 불러 김가루 그릇 쏟은 사실을 알리며 미안하다고 했다.

그런데 예상과 달리 서빙하는 분은 오히려 유쾌하게 웃으며 괜찮다고 하는 것이 아닌가? 자신들도 그릇이 미끄러워 자주 떨어뜨린다고까지 하면서 그릇이 떨어지는 날은 손님이 많이 와서 장사가 잘 되는 날이라고도 했다.

일부러 그릇을 떨어뜨리려 해도 잘 되지 않는데 이렇게 그릇이 떨어졌으니 오늘 하루 장사 대박 날 것 같다면서 오히려 고맙다고 했다. 그러면서 샐러드 한 접시를 서비스로 가져다주기까지 했다.

수많은 음식점을 다녀봤지만 손님의 실수에 대해 이다지도 긍정적으로 해석하며 관대하고 유쾌하게 넘어간 걸 본 적은 없었다. 창피하고 당혹스러운 실수가 응대하던 분의 말과 태도로 인해 일순간에 대박의 징조로 바뀌었다. 물론 그 순간 나와 어머니는 이미 그 식당의 충성 고객이자 열혈 단골이 되어버렸다. 누군가 메밀 국숫집을 추천해달라고 하면 주저없이 그곳을 추천할 것이며 맛있고 친절하다는 입소문을 자발적으로라도 내고 싶었다. 이 모습을 지켜보던 다른 고객도 나와 같은 마음을 갖게 되었을지 모른다. 바닥에 쏟아진 김가루와 그릇을 치우려면 귀찮고 성가실 텐데도 오히려 고맙다면서 샐러드를 서비스로 가져다주는 그분을 보면서 일어난 사건을 어떤 관점에서 해석하느냐 하는 것이 얼마나 중요한지 새삼 깨달았다.

나 역시도 살면서 무수한 어려움을 만났고 인생 자체가 녹록지 않았다. 누구나 사연 없고 어려움 없이 살아온 사람 없겠지만 내 인생도 다른 사람 못지않게 어려움과 고난으로 점철된 삶이었다. 물론 살면서 겪었던 나의 모든 불행을 시시콜콜하게 글로 적어 상기하고 싶진 않다. 그런 여러 사건 중 유방암 진단은 내 인생의 터닝 포인트가 된 일 중 하나다. 이전에도 유방암 진단을 받은 것 못지않은 어려움이 있었지만 그래도 죽음으로써 모든 기회가 소실되어 더 이상 삶을 꿈꿀 수조차 없는 일은 아니었다. 죽을 만큼 힘든 고통이었지만 견디고 이겨내면 새롭게 시작할 수 있는 고난이었다. 그런데 준비되지 않은 상황에서 전혀 예상치 못하게 '훅' 들어온 죽음은 한동안 나를 그로기 상태로 만들었다. 이대로 죽을 수도 있다는 생각이 들자 내 인생 전반에 걸친 대대적 보수공사에 착수하게 되었다.

내게 남겨진 시간이 많다고 생각했을 때는 해야만 할 일들에 대부분의 시간을 쏟으며 살았다. '조금 더 노력해서 성과를 내야지. 그래서 조금 더 안정되면 그때 가서 하고 싶은 일 해도 늦지 않을 거야.' 늘 이런 생각을 하면서 진짜 하고 싶은 일은 무기한 연기하며 살았다. 그러다 갑자기 찾아온 '죽음'이라는 핵폭탄급 충격은 모든 것을 바꾸어 놓았다. 남겨진 시간이 없을 수도 있다는 생각이 들자 나도 모르게 자연스럽게 '지금, 여기' 프레임(Frame)을 갖게 되었다. '지금, 여기'보다 더 중요한 것은 없다는 걸 처절하게 깨달았다. 생계수단으로 했던 일도 그만두고 오로지 내가 원하고 하고 싶은 일이 무엇인지를 나에게 묻고 그 일들을 하기 시작했다. 그러자 오히려 아프기 전의 삶보다 더 행복해졌다. 만약 예기치 않은 순간에 내가 죽을 수 있다는 강렬한 경험을 하지 못했다면 아직도 나는 미래를 위해 현재를 희생하며 하고 싶은 일은 무기한 보류하면서 살았을 것이다.

유방암 진단은 '모든 것이 끝났다'는 삶의 종지부를 찍는 사건으로 다가왔다. 그러나 지금은 오히려 내 삶의 터닝 포인트로 자리매김했다. 유방암이라는 시련이 없었다면 그동안 살아온 삶의 프레임을 바꾸기 쉽지 않았을 것이기 때문이다. 그래서 오히려 유방암이 고맙다. 죽으면 그동안 내가 수집하거나 아끼던 물건은 단 한 개도 가져가지 못하기 때문에 '소유'보다는 '경험' 중심 프레임을 가질 수밖에 없다.

몇 해 전 LP판과 CD를 사랑하던 친오빠의 죽음으로 인해 소유에 대한 집착이 얼마나 허망한지를 똑똑히 목도했다. 한 방을 가득 채운 오빠의 소중한 컬렉션 중 단 한 점도 오빠는 가져가지 못했다.

나는 물욕이 그리 많은 편은 아니다. 물건을 수집하거나 소유하려는 집착이 많지 않다. 그렇다고 무엇이건 경험해보려고 하는 편도 아니다. 그런데 아프고 나서는 무엇이건 해보고 싶은 것은 바로 '경험'해보려는 마인드로 변했다. 해보고 싶은 일을 연기하거나 미루지 않게 되었다. 사람들이 죽을 때 가장 많이 후회하는 것이 해보지 않은 것에 대한 후회라고 한다. 비록 상처뿐인 결과로 남더라도 해본 일로 인한 후회는 이내 사라지지만 해보지 않은 것에 대한 후회는 지속된다고 한다. 하고 싶은 일이 있다면 하지 않아 후회하지 말고 바로 해보는 '접근 프레임'이 필요하다.

아프면서 대담해졌다. 비록 후회가 남더라도 안 하고 후회하는 것보다는 해보고 후회하는 것이 낫다는 신념이 더욱 강해졌다. 도전했지만 생각처럼 잘 되지 않은 일은 좀 창피하긴 하지만 회한을 남기진 않는다. 그러나 하고 싶었지만 도전해보지 못한 일은 오래오래 가슴에 남는다. 그리고 '내가 왜 그때 그 일을 하지 않은 걸까?'라고 두고두고 자책하게 된다. 익숙한 일에 도전하는 것이 아니라면 누구라도 엉성해 보이고 실수할 수 있다. 약간은 창피함을 무릅써야 할지 모르지만 훨씬 더 행복해질 수 있다. 폼나진 않겠지만 인생이 더욱 재밌어질 수 있다.

아프면서 변화된 또 다른 프레임은 '의미' 중심 프레임을 갖게 된 것이다. 대수롭지 않은 일에도 의미를 부여하면 특별해질 수 있음을 알게 되었다. 아프기 전에는 아침에 눈뜨는 것이 얼마나 큰 기적인지 몰랐다. 머리카락이 있는 것, 걸을 수 있는 것, 토하지 않고 먹을 수 있는 것, 중심을 잡고 똑바로 설 수 있는 것, 이 모든 것이 얼마나 큰 축복인지 알지 못했다. 혹독한 항암 치료를 거치면서 그동안 너무나 당연했던 이 모든 일이 감사한 일이라는 걸 알게 되었다. 평소엔 너무나 당연해서 공기의 소중함을 모르는 것처럼 건강할 때는 전혀 몰랐던 축복이다. 너무나 당연한 것으로 치부하던 걷기, 서기, 먹기, 머리카락 등에 새로운 의미를 부여하자 이 모든 것이 기적이 되고 축복이 되었다. 아프고 나면 상처에 딱지가 생기듯 더 단단하고 견고해진다. 아픈 만큼 성숙해진다. 아무 일 없는 심드렁한 하루가 얼마나 큰 축복인지도 알게 된다. 이런 모든 기적 같은 일은 아프지 않았다면 결코 찾아오지 못했을 행운이다. 왜냐하면 기존의 프레임대로 살았을 테니까. 아프면서 '지금, 여기', 하고 싶은 것을 미루지 않고 바로 한 번 해보는 '접근' 프레임, 죽을 때 가져가지 못하는 물건에 집착하는 '소유' 프레임보다는 '경험' 중심 프레임을, 그리고 당연한 것으로 여기던 것을 새롭게 볼 수 있게 된 '의미' 중심 프레임을 갖게 되었다. 그래서 몸은 좀 힘들지 몰라도 정신만큼은 지금이 더 행복하다. 나처럼 미련하게 아프고 나서야 깨닫지 말고 아프지 않고 건강한 '바로 지금' 사고의 틀, 프레임을 점검해보는 것은 어떨까.

어떤 관점에서 보느냐에 따라 동일한 사물이나 사건, 사람도 달리 보인다. 너무나 진부한 말이지만 세상사 모든 일은 마음먹기 달렸다.

깨진 유리창

'깨진 유리창 이론(Broken Window Theory)'은 깨진 유리창을 수리하거나 교체하지 않고 방치해 두면 그 지점을 중심으로 범죄가 확산되기 시작해 나중에는 큰 범죄로 이어진다는 범죄 심리학 이론이다.

사람들은 깨진 유리창을 그대로 놔두면 사용되지 않거나 버려진 건물로 생각해 돌을 던져 멀쩡한 유리창마저 깨뜨린다. 이렇게 되면 온 건물의 유리창이 깨지고 낙서로 도배되어 그 지역은 슬럼가로 변하게 된다. 실제로 뉴욕시에서 지하철 낙서를 지우고 무임승차를 단속하면서 사소한 부분을 개선해 나가자 오년 후 뉴욕의 지하철 범죄율이 칠십오 퍼센트나 감소했으며 살인 범죄가 절반으로 줄었다고 한다. 이처럼 사소한 무질서를 방치하면 심각한 사회문제로 이어질 수 있다는 이론이 깨진 유리창 이론이다. 깨진 유리창 이론에 따르면 무시해도 좋을 만큼의 사소한 일 따위는 없다.

유리창이 깨졌다면 빨리 교체하거나 수리해야 하는데 깨진 유리창은 작고 사소한 것이라 그대로 넘어갈 때가 많다. 깨진 유리창이란 빙산의 일각으로 어떤 큰 문제의 전조 증상일 수 있다.

나 역시 유방암 진단을 받기 전에 이상하리만큼 피곤했다. 자도자도 피곤했고 체력이 따라주지 않으니 짜증이 많이 났다. 뿐만 아니라 잔기침이 십 개월 이상이나 지속되었다. 폐에 이상이 있던 것도 아니고 이비인후과에 가도 별다른 이상 소견이 없다고 했다. 다만 역류성 식도염 증상의 일부일 수 있으니 약을 복용하라고 처방해주었다. 열심히 약을 복용했지만 증상은 개선되지 않았다. 강의로 생계를 유지하다 보니 목을 많이 사용하여 생기는 일종의 직업병이겠거니 생각했다. 기침이 심하게 날 때는 사탕을 녹여 먹으면 기침이 잦아들었다. 그렇게 만성피로와 잔기침을 대수롭지 않게 여겼다. '대한민국 성인 중에 만성피로 없는 사람이 어디 있겠어? 나처럼 계속 말해야 하는 직업은 잔기침도 날 수 있지. 폐에 아무런 이상도 없다는데 목을 덜 사용하면 나아지겠지'라고 생각하며 넘겼다. 나중에 안 사실이지만 암의 전조 증상으로 잔기침과 어지러움, 조금만 먹어도 배가 부른 증상 등이 있다고 한다. 내 경우는 여기에 덧붙여 회복되지 않는 피로감이 지속되었다.

건강에 있어서도 평소와 다른 징후가 조금이라도 보이면 대수롭게 여기지 말고 혹시 깨진 유리창은 아닌지 살펴봐야 한다. 조기에 발견하면 교체나 수리가 훨씬 수월하기 때문이다.

범죄심리학 이론인 깨진 유리창 법칙은 비단 건강뿐 아니라 경영학 분야에도 적용된다고 한다. 식당에 갔는데 컵을 제대로 씻지 않아 립스틱 자국이 묻어 있거나 청소가 덜 된 더러운 테이블을 발견했다거나 여기저기 금이 간 벽을 보았다면 음식 맛과는 무관하게 그 식당엔 두 번 다시 방문하고 싶지 않을 것이다. '위생 상태가 이렇게 불결한데 음식이라고 깨끗하겠어? 이래서야 안심하고 먹을 수 없지'라는 불안한 마음이 생길 것이기 때문이다.

나 역시 아프기 전에는 맛집으로 소문난 곳을 찾아다니기도 했다. 모든 것이 만족스러웠지만 음식을 다 먹고 잠시 들른 화장실의 청결상태가 더러웠던 곳은 두 번 다시 가고 싶지 않았다. 그 기억 하나로 그동안의 만족스럽던 음식 맛, 친절함, 정갈한 플레이팅 모두가 일순간 평가절하되어 두 번 다시 가고 싶지 않은 곳으로 변했다.

뿐만 아니라 이미 먹은 음식의 위생상태에 대한 의구심마저 들었다. 너무나 사소한 것 같은 작은 것으로 인해 음식점에 대한 인상이 변했다. 음식점 경영자 입장에서는 한 번 이미지에 타격을 받으면 손실을 감수할 수밖에 없게 된다. "작은 구멍 하나에 댐이 무너진다"고 작고 사소한 것일수록 신경 쓰고 잘못된 것이 있으면 재빨리 수리하거나 교체하는 것이 필요하다.

안전사고와 관련된 이론 중 하인리히(Herbert William Heinrich)의 '도미노 이론(Domino Theory)'이 있다. 사고 요인들이 마치 도미노처럼 연결되어 있는데 이 중 하나라도 제거하면 사고를 미연에 방지할 수 있다는 이론이다. 도미노가 연달아 넘어지는 것처럼 어떤 하나의 요인이 발생하면 주변으로 파급되어 계속 이어져 나가는 현상이다. 한 곳이 무너지면 걷잡을 수 없게 된다. 원인을 제거하지 않으면 줄줄이 연결되어 넘어질 수 있다.

기발하고 신기한 것을 좋아하는 유아들의 경우 미끄럼틀을 거꾸로 올라가기도 한다. 이런 사소한 행동을 방치하다 위에서 아래로 타고 내려오는 아이와 충돌해 추락사고가 발생하면 걷잡을 수 없게 된다. 또한 그네 타기의 경우도 줄 설 수 있는 위치를 발바닥 표시 등을 통해 정해주어야 하는데 평소와 같이 그냥 줄을 서게 하면 무심코 그네 뒤에 줄을 섰다가 안전사고가 발생할 수 있다. 대부분의 안전사고는 아주 작은 것을 방치한 결과에서 비롯된다.

안전이나 경영 문제에만 깨진 유리창 이론이 적용되진 않는다. 미국의 J.F. 덜레스 국무장관은 캄보디아가 공산화되자 베트남과 라오스 등이 한 달도 안 되어 차례로 공산화되는 현상을 주목하면서 어떤 지역의 한 국가가 공산화되면 인근 국가도 공산화될 가능성이 크다면서 인도차이나 반도 삼국의 공산화를 도미노 이론으로 설명하기도 했다. 처음엔 아주 사소한 것에서부터 출발하지만 그것을 무시하고 간과하면 걷잡을 수 없는 지경에 이른다는 경고이기도 하다.

그럼에도 유리창이 깨진 것이 항상 나쁜 것만은 아니다. 오히려 기회가 될 수도 있다. 깨진 유리창을 수리하면서 '왜 유리창이 깨진 걸까?' 생각하게 되고 '어떤 유리창으로 교체하면 잘 깨지지 않을 수 있을까?'도 고민하게 된다. 유리창이 깨진 김에 그동안 엄두도 내지 못했던 창문 디자인을 새롭게 변경해 건물 이미지 자체를 변화시킬 수도 있다. 유리창이 깨진 사건이 오히려 터닝 포인트가 되어 새로운 계기를 마련할 수도 있다. 나 역시 유방암 진단을 받고 하늘이 무너져 내린 것 같았지만 지금은 오히려 감사한다. 예고 없이 언젠가 죽음이 찾아오더라도 예행연습을 이미 했기 때문에 덜 당황스러울 것 같다. 게다가 병마로 인해 강제로 주어진 휴식과 쉼이었지만 그 시간을 통해 내 삶을 돌아볼 수 있는 계기가 되어 오히려 감사하다. 아프고 나서 많은 깨달음을 얻었고 체면이나 사회적 시선 때문에 실수하지 않으려고 무겁고 엄격하게 살아온 삶에 종지부를 찍을 수 있었다.
나사 하나쯤 풀린 것 같은 지금의 삶이 너무나 고맙다. 그러고 보면 위기와 기회는 한끗 차이다. 위기가 기회가 될 수 있도록 사소한 것이라고 무시하지 말고 깨진 유리창이 있다면 지체 없이 수리하거나 교체해야 한다. 물론 가장 좋은 것은 유리창이 깨지기 전에 조짐이 보일 때 특단의 조치를 통해 미연에 방지하는 것이다. 암 치료를 겪은 내 몸도 사실 예전에 비해 육십에서 칠십 퍼센트 정도밖에 회복되지 않았다. 유리창이 깨진 후 수리하거나 교체하는 것보다 깨지기 전에 방지하는 것이 더욱 현명한 것임은 두말할 나위 없다.

마음 근력: 회복력

'회복탄력성(Resilience)'은 일종의 '마음의 근력'이다. 실패와 좌절을 통해 성장하는 능력이다. 자신에게 닥치는 온갖 역경과 어려움을 도약의 발판으로 삼는 힘을 의미한다. 이렇듯 인생의 역경을 이겨내는 잠재적인 힘을 회복력이라고 한다. 회복력은 살아가면서 꼭 필요한 능력이다. 인생을 살다 보면 항상 화창하고 맑은 날만 만날 수는 없다. 비가 오고 천둥 치고 번개 치는 날도 있다. 내가 원한다고 해서 날씨를 내 마음대로 조절할 순 없다. 마찬가지로 미래에 닥칠 위험이나 위기를 미리 예측하고 통제하며 살 수도 없다. 살면서 앞으로 어떤 일이 일어날지 미리 알고 대비할 수 있는 사람은 아무도 없다. 우리가 할 수 있는 일은 기껏해야 일이 벌어진 후에야 그 일을 어떻게 대처하고 수습

해야 할지 결정하는 것뿐이다. 힘들고 괴로운 일이 찾아와 좌절하고 상실의 아픔을 느끼는 순간에도 스스로를 다독이고 버텨내며 다시 시작할 수 있는 힘은 매우 중요하다. 살면서 어떤 일이 생길지 한 치 앞도 볼 수 없는 게 인생이기 때문에 더더욱 그렇다.

살다 보면 개인적 불행과 아픔이 터닝 포인트가 되는 일이 종종 발생한다. 좋은 사건이 터닝 포인트가 되기도 하지만 내 경우 터닝 포인트가 된 사건들은 대부분 개인적으로 불행한 사건들이었다. 모든 일이 순조롭게 흘러가는 편안한 상태에서는 변화하거나 성장하지 못했다. 불편하고 힘든 상황에 직면하고 나서야 능력이 확장되고 이전보다 한 단계 더 도약할 수 있었다. 역경이 마치 스프링보드와 같은 역할을 해서 추락했다 다시 튀어올라 이전보다 더 높은 곳까지 성장할 수 있었다. 그렇다고 성장을 위해 일부러 힘들고 괴로운 상황을 만나고 싶지는 않다.

누구라도 평탄한 인생을 살고 싶지만 내 뜻대로 흘러가지 않는 게 인생이기에 내 의지와 무관하게 불행한 사건이나 역경을 만나기도 한다. 힘들고 어려운 위기에 직면하게 되면 누구라도 움츠러들고 피하고 싶어진다. 하지만 그런 상황일수록 위기를 회피하지 않고 극복할 수 있어야 한다. 그때 필요한 것이 회복력이다. 맞닥뜨린 불행한 사건이나 위기를 어떻게 해석하고 어떻게 의미 부여를 하느냐에 따라 인생은 달라진다. 빅터 프랭클

(Viktor Emil Frankl)은 「죽음의 수용소에서」라는 책을 통해 극한의 나치 수용소에서조차 모든 것을 다 뺏어갈 수 있지만 자신의 태도를 결정하고 자신의 길을 선택할 수 있는 자유만은 뺏어갈 수 없다고 했다. 아무리 어렵고 힘든 일과 마주했다고 해도 그 일에 대해 어떤 태도를 가질 것인지, 어떤 의미 부여를 할지 선택하는 자유는 나에게 있다.

우리의 삶이 장밋빛 꽃길이라면 좋겠지만 살다보면 예기치 않은 고난과 시련을 마주하게 된다. 철없는 어린 시절엔 이 세상의 모든 고난과 시련이 나에게만 일어난다고 착각한 적도 있었다. 마음속 상처를 말하지 않을 뿐이지 이 세상 누구라도 상처받지 않은 사람 없고 힘든 일을 겪지 않고 사는 사람은 없다. 자신을 힘들게 하는 고통의 종류가 다를 뿐이지 겪어내야 하는 고난의 무게는 비슷할 거라 짐작한다. 누구라도 거저 쉽게 사는 인생은 없다. 상처받지 않고 사는 사람도 없다. 사람으로 인해 괴롭고 상처받은 것뿐 아니라 예기치 않게 찾아온 일이나 사건으로 인해 고통스럽기도 했다.

내가 겪은 수많은 불행은 일일이 열거하기 힘들 정도로 많았다. 그 중 하나가 유방암 진단이었다. 당장 죽을지도 모른다는 생각이 들자 가장 후회되었던 것은 사회적 시선이나 기대에 부응하느라 정작 나 자신은 무시하고 내가 하고 싶은 대로 살지 못한 것이었다. 또 다른 후회는 지나치게 '일' 중심으로 살아온 삶이었다. 막상 내가 죽는다고 생각하면 내가 어떤 일을 했고 무엇을 이루었는지는 중요하지 않았다. 그보다 나 자신을 숨기지 않고 솔직하게 표현하며 하고 싶은 일을 얼마나 해보았는지가 중요했다. 유방암 진단이라는 사건은 자연스럽게 내 삶의 터닝 포인트가 되었다.

한 차례 큰 병을 겪고 나서 지금은 덤으로 산다는 마음으로 살고 있다. 내 처지를 비관하고 부정적으로 보자면 그리 어려운 일도 아니다. 그동안 겪었던 여러 가지 불운한 일들을 되뇌는 것만으로도 좌절하고 자책하기에 충분하다. 그러나 큰 고비를 넘기고 나니 오히려 감사한 마음이 든다. 만약 내 인생이 평탄하기만 했다면 세상에 존재하는 수많은 고통을 알지 못했을 것이며 그런 고통을 겪은 사람들도 이해하지 못했을 것이다. 그러나 지금은 잘 알고 있다. 고난과 좌절을 겪지 않았다면 더 좋았겠지만 수많은 실패와 좌절을 통해 나 역시도 성장하고 성숙하게 되었다. 상처와 아픔이 클수록 역설적으로 상처받지 않은 것처럼 훌훌 털고 일어나 아무 일 없다는 듯 다시 걸어가는 것도 나의 선택이다. 빅터 프랭클이 말했듯 나치 수용소에서조차 자신의 태도와 자신의 길을 선택할 자유만은 스스로에게 있다. 모든 걸 다 뺏어간다고 해도 자신의 태도를 결정할 수 있는 선택의 자유만은 뺏을 수 없다. 아무리 힘든 시련과 역경이 오더라도 살아있다는 것만으로도 축복이다. 살아있다는 것은 또 다른 기회를 가질 수 있음을 의미하기 때문이다. 역경과 고통에 좌절하지 말고 스스로가 자신의 구원자가 되어 툭툭 털고 다시 일어서야 한다.

　상처받지 않은 것처럼, 좌절하지 않은 것처럼 다시 일어날 때 역경과 고난을 통해 얻은 깨달음이 스프링보드가 되어 새로운 인생으로 나아가는 도약의 발판이 되어줄 것이다. 개인적으로 나의 아픔과 고통을 누군가에게 털어놓고 이야기하는 걸 좋아하지 않는다. 철없던 어린 시절엔 나에게만 시련이 온다고 생각해 속상하고 이해할 수 없는 부조리로 인해 겪는 억울함을 지인들에게 털어놓은 적이 있지만 돌아온 건 또 다른 상처뿐이었다. 사람은 누구나 먼 곳에 있는 높은 산 때문에 힘들어하지 않는다. 내 신발 안에 있는 작은 모래 한 알 때문에 힘겨워한다. 다른 사람의 고통과 고난이 아무리 산처럼 커 보이더라도 사실은 내가 가진 작은 문제 하나가 더 크게 느껴지는 게 우리들이다. 아무리 하소연을 해보았자 나의 이야기에 나만큼 공감해주고 감정 이입해 주는 사람은 없다. 타인들이 둔감하고 이해심이 없기 때문이 아니라 인간이란 원래 그런 존재이기 때문이다. 결국 내게 시련과 고난의 시간이 엄습해 올 때 그것을 이겨내고 극복할 수 있는 사람은 자기 자신뿐이다. 내가 내 인생의 구원자가 되어야 하는 이유다.

역설적으로 들리겠지만 어렵고 힘들수록 오히려 담대하게 심호흡 한 번 하고 나 자신과 함께 어떻게 어려움을 헤쳐 나갈지 논의해야 한다. 세상 모두가 외면할지라도 나는 나와 함께 있는 유일한 나의 구원자다. 죽는 순간까지 나를 지켜주고 배신하지 않을 유일한 단 한 사람, 바로 나 자신이다. 「맹자」의 '고자(告子)' 장(章)을 보면 "하늘이 장차 큰일을 맡길 사람에게는 반드시 먼저 그 심지를 괴롭게 하고 몸을 굶주리게 한다. 그 자신을 궁핍하게 만들고 행하고자 하는 바를 어긋나게 한다. 그 이유는 마음을 분발시키고 성질을 참게 하여 지금까지 할 수 없었던 일을 할 수 있게 하기 위함이다"라는 잘 알려진 구절이 나온다. 고난과 시련이 엄습해 오면 내가 더 성장할 기회임을 알고 지혜롭게 역경을 견디고 극복하자. 맹자의 말처럼 실패와 좌절, 역경과 고난의 시간을 지나면 한층 더 성숙해진 나 자신을 만나게 될 것이다. 고난과 역경의 시간을 마음의 근력인 회복력을 기르는 기회로 활용한다면 더욱 성장하고 성숙해진 멋진 나를 발견하게 될 것이다.

스트레스는 또 다른 기회다: 말파리 효과

어릴 적 물고기를 키운 적이 있었다. 당시 집이 건조해 자고 일어나면 코가 막혔다. 건조함을 완화하기 위해 어머니가 어항인 듯 수족관인 듯 애매모호한 물건을 사 오셨다. 처음엔 같은 종류의 금붕어 몇 마리만 어항에 넣었는데 움직임이 거의 없었다. 활력도 없어 보이고 시각적으로도 아름답지 못했다. 얼마 후 다른 어종의 물고기를 구입해 함께 넣었더니 이전까지 거의 움직임이 없던 물고기들이 비로소 바삐 헤엄치기 시작했다. 어항속이 활기차졌다. 그때부턴 물고기를 구경하는 것이 재미있었다. 학교 갔다오면 물고기가 궁금해 가방을 내려놓자마자 물고기에게 달려갔던 기억이 난다. 그땐 몰랐지만 물고기도 다양한 종류의 물고기가 함께 뒤섞여 살게 되면 스트레스와 자극을 받는다고 한다. 그러면서 자연스레 활력이 생긴 것이다. 같은 어종의 물고기끼리는 서로를 잘 알기 때문에 익숙해서 경계하지 않지만 다른 어종의 물고기는 잘 모르기 때문에 경계하면서 묘한 긴장감과 활력이 생겨난 것이다. 혹시라도 모를 공격이나 위해(危害)를 피하기 위해 이리저리 바삐 헤엄치기 시작한 것이다.

물고기뿐 아니라 말도 마찬가지라고 한다. 게을러서 움직이기 귀찮아하는 말이라도 말파리가 물면 쏜살같이 달리기 시작한다고 한다. 우리 인간도 편안하게 안주하려는 습성이 있어 좀처럼 움직이려 하지 않고 편안함을 추구하는 본성을 가지고 있다. 서 있으면 앉고 싶고, 앉아 있으면 눕고 싶은 게 인지상정이다. 말파리처럼 우리를 물거나 쏘는 자극이 없다면 타성에 젖어 편안함만을 추구하다 자신의 타고난 잠재력을 발휘하지 못할 수도 있다.

말파리가 말을 쏘거나 물면 그제야 재빨리 달려 나가는 것처럼 사람도 자극이 있어야만 안주하지 않고 앞을 향해 나아갈 수 있다. 이를 심리학적 용어로 '말파리 효과(Gasterophilus effect)'라고 한다. 어쩌면 말에게는 귀찮고 성가신 존재일 수 있는 말파리야말로 말을 움직이게 하는 동력이 되는 셈이다. 우리 인간에게도 귀찮고 성가신 자극이나 스트레스가 우리를 성장시키는 발전의 원동력이 될 수 있다.

"집에서 키운 호랑이는 고양이가 되고 야생에서 자란 고양이는 호랑이가 된다"는 옛말이 있다. 즉 지나치게 편안하기만 한 환경에서는 활력을 잃고 동기부여가 되지 않아 타고난 잠재능력을 발휘하기 어렵다는 뜻이다. 호랑이로 태어났어도 안일한 환경에서 자라면 야생성을 상실하고 타고난 능력을 발현할 수 없다.

편안하면 좋을 것 같지만 오히려 적당한 자극이나 스트레스가 없으면 더 이상 앞으로 나아가지 못한다. 잠재력을 꽃 피워보지도 못하고 자기 발전의 기회마저 상실할 수 있다. 편안하기만 하면 더 이상 노력하지 않게 된다. 안락한 상태에 머무르게 되면 더 이상 발전은 없다. 고인 물은 썩듯이 아무런 노력도 하지 않는 사람은 지금 현재의 모습조차 얼마 가지 않아 유지할 수 없게 된다.

정어리를 즐겨 먹는 노르웨이에서는 살아있는 싱싱한 정어리에 대한 수요가 높다고 한다. 항구까지 살아있는 상태로 운반된 정어리는 높은 값을 받지만 그렇지 못할 경우 제값을 받지 못한다고 한다. 당연히 어부들의 관심사는 '어떻게 하면 살아있는 정어리를 항구까지 가져갈 수 있을까'다. 어부들이 생각해낸 방법은 정어리의 천적인 참다랑어를 함께 넣는 것이라고 한다. 참다랑어가 정어리를 잡아먹으려고 이리저리 움직이면 오히려 정어리는 생존 본능 때문에 필사적으로 도망치며 살아남는다고 한다. 즉 적당한 자극이나 스트레스가 오히려 정어리를 긴장시켜 생명을 유지할 수 있도록 만드는 비결인 셈이다.

　내 경우에도 편안하고 안락한 상태였을 때는 오히려 발전하거나 성장하지 못했다. 여러 가지 스트레스로 인해 심신이 피폐해지고 '왜 나는 되는 일이 하나도 없을까?'라며 괴로워할 때 비약적 성장을 할 수 있었다. 이렇게 해도 안 되고 저렇게 해도 안 되니 과연 어떻게 하면 되게 할 수 있을까? 궁리하고 고민했다. 그런 시간이 쌓여 어느 날 나도 모르게 성장하고 발전할 수 있었다.

　그렇다고 성장과 발전을 위해 일부러 스트레스를 만들라는 말은 아니다. 다만 너무나 안락하고 편안한 환경보다는 다소의 스트레스가 오히려 나의 성장과 도약을 위한 발판이자 기회가 될 수 있다는 점을 기억하면 좋겠다. 오히려 지나치게 편안할 때가 위기 상황임을 감지하고 경계해야 한다.

　안일함과 편안함은 치명적 독이 될 수 있다. 오늘도 나를 괴롭히는 스트레스가 있다면 오히려 감사하자. 그 스트레스와 자극으로 인해 도태되지 않고 성장하고 발전할 수 있을 테니까. 스트레스야말로 나의 잠재력을 꽃피게 하는 계기가 될 수 있다는 걸 기억하면 좋겠다.

머피의 법칙

'머피의 법칙(Murphy's Law)'은 하려는 일이 항상 원하지 않는 방향으로만 진행되는 현상으로 잘못될 가능성이 있는 일은 반드시 잘못된다는 것이다. 이와 반대되는 것으로 '샐리의 법칙(Sally's Law)'이 있다. 샐리의 법칙은 잘 될 가능성이 있는 일은 항상 잘 된다는 것으로 우연히 자신에게 유리한 일만 거듭해 일어날 때 일컫는 말이다.

영화 <해리가 샐리를 만났을 때>에서 맥 라이언이 맡은 샐리 역할은 엎어지고 넘어져도 결국 해피엔딩으로 끝나는데 이런 모습에서 힌트를 얻어 샐리의 법칙이 생겨났다고 한다. 당시 영화관에서 이 영화를 보고 문화적 충격을 받았다. 고등학교 때까지 영화관에서 상영하는 영화는 거의 본 적 없던 답답한 모범생이던 나는 대학생이 되어 보게 된 영화를 통해 '뉴요커의 라이프 스타일은 저런 것이구나'를 알게 되었다. 당시 나는 연애에 대해 환상과 낭만에만 머물던 비현실적 통념을 가지고 있었다. 영화를 보고 나서 지극히 현실적이고 솔직한 남녀 사이의 이야기를 통해 잘못된 통념을 깨부수고 수정하는 계기가 되었다. 많은 시간이 흘렀음에도 아직까지도 이 영화는 로맨틱 영화의 바이블로 회자되고 있고 다시 봐도 이질감이 전혀 느껴지지 않는다.

내 경우에는 살면서 샐리의 법칙보다는 머피의 법칙을 더 자주 경험한 것 같다. 며칠 전 어머니를 모시고 병원에 다녀왔는데 일층에 주차할 자리가 있어 주차를 하고 이층의 병원으로 갔다. 병원에서 진료받고 약국에 들러 약을 받고 내려오니 그 사이 내 차에 부정주차 범칙금이 부과되어 있었다. 병원을 이용하면 세 시간까지는 무료 주차인데 병원이 위치한 건물 일층에 있는 주차구역은 병원 건물 주차장이 아니라 구청에서 관리하는 주차구역이라는 거다. 그 건물 주차장은 지하 주차장만 해당된다고 했다.

일층 주차구역은 건물과 별도로 구청에서 관리하는 주차구역임을 알리는 안내 표지판이나 충분한 표식이 있었다면 당연히 일층에 빈자리가 있어도 주차하지 않았을 것이다. 이에 대해 충분히 알리거나 고지하지도 않고 범칙금만 부과하면 된다고 하는 것은 함정단속과 마찬가지로 여겨졌다.

때마침 부정주차 요금을 부과한 단속 공무원을 만날 수 있어 이에 대한 내 의견을 말했더니 범칙금이 부과된 이상 무조건 내야 한다는 말만 반복했다. 너무나 억울해 받아들이기 어렵다고 했더니 돌아오는 대답은 이의신청은 할 수 있으나 해보았자 소용없으며 이미 부과된 범칙금은 내야만 한다는 것이었다. 단속을 당하면 억울하고 부당해도 모두 범칙금을 내야 한다면 도대체 이의신청 제도는 왜 만들었단 말인가.

억울하고 속상한 마음을 추슬러 다음 행선지인 마트에 장 보러 갔다. 하필 그날따라 주차장이 만원이어서 한참을 배회하다 간신히 주차할 수 있었다. 그런데 사려고 했던 물건이 이미 다 팔리고 재고가 없다는 것이 아닌가. 불행 중 다행인 것은 그 물건을 제외한 다른 물건들은 모두 살 수 있었다. 계산을 하기 위해 줄을 섰는데 하필이면 내가 줄 선 계산대만 줄이 줄지 않았다. 한참을 기다려 겨우 계산하고 집으로 돌아오는데 이런 날은 옆 차선은 잘도 나가는데 내가 운전하는 차선만 막힌다. '오늘 정말 되는 일이 하나도 없네'라고 구시렁거리면서 집에 도착했다. 어김없이 머피의 법칙이 적용되는 하루였다.

이런 일은 예전에도 수도 없이 많았다. 버스 정류장에서 버스를 기다리면 내가 타려는 버스만 오지 않는다. 비가 내릴 것 같아 우산을 준비해 나가면 비 한 방울 내리지 않고 우산을 가져가지 않은 날은 어김없이 비가 내려 곤혹스러웠던 적이 한두 번이 아니었다. 왜 나에게만 머피의 법칙이 따라다니는 걸까?

세상사 모든 것은 마음먹기 달렸다는데 머피의 법칙이란 것도 마음먹기 달린 것이 아닐까? 머피의 법칙이란 것도 사소하게 넘길 수 있는 불운을 확대 해석해서 생긴 것은 아닐까? 그날 경험했던 모든 사소한 일들, 내가 운전하던 차선만 막혀 서행했던 것, 마트에서 내가 선 줄만 줄지 않아 오래 기다렸던 일, 재고가 없어 사려고 했던 물품을 사 오지 못한 일 등은 이미 지난 일이어서 어떻게 해볼 수조차 없는 일들이었다. 다만 부정주차요금 부과만은 이의 신청해 볼 수 있지 않을까? 억울하고 부당한 일을 바로잡는다면 머피의 법칙이 적용되었다는 내 착각을 바로잡을 수 있지 않을까? 이런저런 생각 끝에 이의신청을 제기하기로 결정했다.

아프고 나서 확실히 알게 된 것이 있다. 억울함과 부당함은 참는다고 삭혀지지 않는다는 사실이다. 오히려 차곡차곡 쌓여 다이너마이트와 같은 폭발물로 돌변할 수 있다. 부당함은 바로잡아야 억울하지 않다. 억울함은 그때그때 풀어야 분노로 쌓이지 않는다. 나의 억울함과 부당함을 바로잡을 수 있는 사람은 이 세상에 오직 나밖엔 없다. 아무도 나의 억울함과 부당함에 관심 갖지 않으며 나서서 해결해 주는 사람도 없다. 나 자신만이 세상으로부터 나를 지키고 방어할 수 있다.

내가 제기한 이의신청은 받아들여졌고 부정주차요금 부과

취소(감면)를 받을 수 있었다. 안내 표지판 정비로 인하여 안내 표지판이 철거된 상황이 확인되었다며 이의신청을 받아들여 주었다. 내 손을 들어준 것이다.

아프기 전의 나는 억울한 일이 생겨도 부당한 일이 있어도 참고 넘어가기만 했다. '억세게 재수 없네.' '지지리 운도 없지.' '왜 나한테만 머피의 법칙이 따라다니는 거야.' 그저 이런 생각만 하고 그 순간을 모면하기 바빴다. 부당함을 바로잡고 억울함을 해소하려는 그 어떤 시도도 하지 않았다. 참았던 분노와 한이 나를 갉아먹고 스트레스가 되어 내 몸을 공격해 유방암이 되는 데 일조했다는 게 내 생각이다. 아프고 나서야 겨우 세상으로부터 나 스스로를 간신히 지키고 방어할 수 있게 되었다. 이번 이의신청을 통해 운도 내가 만드는 것은 아닐까? 하는 생각이 들었다. 예전 같으면 머피의 법칙으로 생각하고 '범칙금이 부과됐는데 어쩌겠어? 그냥 벌금 내야지 뭐.' 이러면서 벌금을 냈을 것이다. 주변에서도 '이의 신청해봐야 받아들여지지도 않아. 시간 낭비하지 말고 그냥 벌금 내고 두 다리 뻗고 자.' 이런 말이나 들었을 것이다.

머피의 법칙도 내가 받아들이지 않으면 나에게 적용될 수 없다. 억울하고 부당하면 참지 말고 바로잡아야 한다. 그 편이 나의 정신건강에 이롭다. 더 나아가 스트레스가 누적되면 신체 건강에까지 악영향을 끼칠 수 있다. 다소 귀찮더라도, 내 의견이 받아들여지지 않더라도 억울함과 부당함에 항거해야 한다. 그 누구도 나의 억울함 따위에는 신경 써주지 않는다. 사소한 것 같아 보이는 그런 작은 일들이 켜켜이 쌓여 결국 내 안의 다이너마이트가 만들어진다. 한 번 터지면 걷잡을 수 없고 수습할 수 없는 지경까지 가게 된다.

아프고 나서 배운 것이 있다. 나를 진정으로 사랑하는 것은 억울해도 참고 모나지 않게 둥글둥글 살아가는 것이 아니라 참을 수 없는 일에는 분노하고 억울한 일은 바로잡고 부당함엔 항거해야 한다는 것이다. 그것만이 세상으로부터 나를 지키는 길이며 나를 진정으로 사랑하는 길이다. 이제야 겨우 깨달았다. 아프고 나서야 견고하고 단단해졌다. 이 세상의 그 누구보다 소중한 나 자신을 지키며 스스로의 든든한 후원자이자 구원자가 되어야 할 사람은 바로 나 자신이다. 이제야 세상으로부터 나를 지키고 사랑하는 법을 알게 되었다.

리프레이밍

'리프레이밍(reframing)'은 사고의 틀을 바꾸어서 사건을 다른 관점에서 바라보고 새로운 의미를 부여하는 것을 뜻한다. 동일한 그림이라도 액자 테두리를 바꾸면 새로운 작품으로 보이고 가치마저 달라 보이는 것처럼 새로운 관점에서 바라보면 달리 보인다. 이처럼 실제 일어난 사건은 바꿀 수 없지만 사건을 재구성해 봄으로써 새롭게 해석하고 대처하는 것을 리프레이밍이라고 한다.

원효대사와 해골물의 이야기는 "모든 것은 마음이 지어낸다"는 것을 잘 보여주는 유명한 일화 중 하나다. 당나라로 유학을 떠나던 원효대사가 한밤중에 목이 말라 물을 찾다가 바가지에 고인 물을 맛있게 먹고 잠이 들었다. 아침에 일어나 보니 간밤에 마신 물은 바가지에 담긴 물이 아니라 해골에 고인 물이었다. 이를 알게 되자 지난밤에는 그렇게 맛있던 물이 역겹게 느껴지고 구토가 났다고 한다. 그 순간 원효대사는 "모든 것은 오직 마음이 지어낸다(一切唯心造: 일체유심조)"는 사실을 깨닫고 당나라 유학도 포기하고 돌아왔다. 어제와 오늘 달라진 것은 아무것도 없고 자신의 마음만이 변했을 뿐인데 맛있던 물이 역겨움과 혐오의 대상으로 변했다. 이처럼 동일한 사건을 어떤 프레임으로 바라보느냐에 따라 맛있는 물이 되기도 하고 역겨움이 되기도 한다.

행복과 불행은 자신의 마음을 무엇으로 가득 채우느냐에 따라 달라진다. 존 밀턴(John Milton)은 "마음은 자신의 터전이니 그 안에 스스로 지옥을 만들 수도 있고 천국을 만들 수도 있다"고 했다. 불행한 사건이라는 것도 어떤 관점에서 재해석하고 구성하느냐에 따라 새롭게 보일 수도 있다. 나 역시 처음에 유방암 진단을 받았을 때는 사형선고를 받은 것처럼 느껴졌다. 이젠 다 끝났다는 생각만 들었다. 실제로 투병생활은 녹록지 않았다. 힘겨운 날의 연속이었다. 그러나 한편으론 자유로울 수 있었다. 언제 죽어도 이상하지 않게 되자 더 이상 미래를 위해 아등바등 살지 않아도 되었다. 쉬어갈 수 있게 되면서 그동안 놓친 것들이 보이기 시작했다. 자연스레 삶의 변곡점을 맞이하면서 여유롭고 편안해질 수 있었다.

　종착지가 어딘지도 모르면서 남들이 달리니까 나도 무조건 달렸지만 행복하지는 않았다. 그저 남들보다 뒤처지지 않게 남들이 달리는 방향으로 나 또한 전력 질주했지만 늘 불안하기만 했다. 지금 와 생각해 보면 굳이 무모한 달리기에 나까지 참여할 필요는 없었다. 세상이 정해 놓은 세속적 프레임으로 바라보지 않고 나 자신의 프레임으로 바라보았다면 세상이 달리 보였을 것이다. 다른 삶을 살았을 것이다. 유방암이라는 인생의 변곡점을 지나 지금은 리프레이밍을 통해 새로운 하루를 살아가고 있다. 남들에게 어떻게 보이는지, 얼마나 사회적으로 성취와 성공을 이루었는지로 내 삶을 재단하지 않는다. 오늘 하루가 나에게 얼마나 행복하고 소소한 재미와 의미를 주었는지로 가늠하게 되었다. 만일 내일 죽는다고 해도 오늘 보낸 하루가 충만하고 후회를 남기지 않으면 그것으로 족하다.

　나의 내면에 충실한 하루를 보내려 노력한다. 내가 하고 싶은 일과 좋아하는 일을 하면서 하루를 살아가려고 노력한다. 물론 직장을 그만두었다고 해도 살아있는 한 나 하고 싶은 일만 할 수는 없다. 삶이 이어지는 동안은 하고 싶지 않아도 해야만 할 일에서 아무도 자유로울 순 없다. 다만 직장 생활을 할 때에 비해선 하기 싫어도 해야만 할 일이 좀 줄어든 건 사실이다. 그러나 리프레이밍해보면 그런 하기 싫은 일조차 살아있기에 가능한 일이다. 만일 내가 죽는다면, 연기처럼 사라진다면 더 이상 그런 일조차 경험할 수 없게 될 것이기 때문이다. 그러므로 오늘을 감사해야 한다. 불쾌한 경험은 리프레이밍을 통해 과소평가하고 무시하는 것도 행복할 수 있는 지혜이다. 반면에 행복한 경험은 리프레이밍을 통해 의미를 부여하고 감사하면 더 행복해질 수 있다.

살아있는 오늘, 바로 지금 가장 행복해야 한다. 나를 괴롭히는 사건이나 일이 있다면 다시 한번 리프레이밍해보자. 내게 일어난 그 일이 그렇게 괴롭기만 한 일인가? 사건이나 일은 다만 일어난 것일 뿐이다. 내가 어떻게 해석하고 바라보느냐에 따라 그 의미가 달라진다. 달리 해석된다.

원효대사가 한밤중에 목말라 마셨던 해골 물은 갈증을 해소해 주던 맛있는 물이었다. 그러나 아침에 마주한 해골 물은 역겹고 구토가 일어나는 물이 되어버렸다. 만약 원효대사가 맛있게 물을 마시고 그 자리를 떠나 새로운 곳에서 아침을 맞이했다면 어땠을까? 원효대사는 해골 물의 존재를 몰랐을 테고 아마도 간밤에 마신 그 물에 대해 좋은 기억만 남았을 것이다. 모든 것은 마음이 지어내는 것이기에 리프레이밍을 통해 살아있는 바로 지금 행복한 삶을 살 수 있다면 더할 나위 없이 좋을 것 같다.

4. 인생은 눈부시게
슬프고도 아름답다

나이듦에 관하여: 늙음 vs 낡음

아프면서 시간적 여유가 생겼다. 정신없이 살 때는 나이 들어 간다는 사실조차 인지하지 못했다. 오히려 시간적 여유가 생기면서 나이들어간다는 것에 대해 생각해 볼 여지가 생겼다.

어느덧 오십 언저리를 넘긴 지도 한참 되었다. 공자는 나이 오십을 지천명(知天命)이라고 했다. 한때는 내가 하늘의 뜻을 알아야 하는 나이 오십이 될 줄은 생각조차 못했다. 머릿속의 내 나이는 삼십 대에서 멈추었는데 실상은 하늘의 뜻을 알고도 남아야 할 나이가 된 것이다. 살면 살수록, 나이들면 들수록 하늘의 뜻을 알기는커녕 '내가 모르는 게 정말 많구나'를 깨닫게 되는 것 같다.

언젠가 우스갯소리로 들은 학사, 석사, 박사의 차이에 대한 이야기가 생각난다. '모든 걸 안다'라고 생각하면 학사 학위가 주어지고 공부를 해보니 '모르는 게 조금 있는 거 같다'라고 생각하면 석사학위를 준다고 한다. 그러다 '생각보다 모르는 게 많다'라고 알게 되면 박사학위가 수여된다고 한다. "빈 수레가 요란하다"라고 조금 알게 되면 많이 아는 것처럼 착각하지만 정작 많이 알게 되면 아는 게 없다는 사실을 인정하게 된다. 정말이지 살면 살수록 인생은 더욱더 알 수가 없다.

한 치 앞도 보이지 않는 알 수 없는 인생이지만 나이들면서 드는 생각은 있다. 바로 늙을지언정 낡지는 말아야겠다는 생각이다. 오래 되어 익어가거나 성숙해질지언정 낡거나 삭고 싶진 않다. 닳아서 허름해지고 싶진 않다. 오히려 나이들수록 기존의 통념을 깨고 좀더 새로운 나만의 시각을 갖고 싶다. 이랑주는 「살아남은 것들의 비밀」에서 오랫동안 살아남는 방법은 남들이 생각지 못한 나의 각도를 갖는 것이라고 말한다. 그의 책을 보면 그리스 아테네 중앙시장에서 생선을 세워 진열한 것을 보고 충격을 받았다는 이야기가 나온다. 생선은 보통 사선으로 눕혀 진열하는데 세워서 진열해 마치 살아서 펄떡거리는 것처럼 싱싱해 보였다고 한다. 이런 새로움은 충격과 즐거움을 제공한다. 동일한 물건이라고 해도 새롭게 볼 수 있는 안목과 시각이 있다면 새로움을 만들어 낼 수 있다. 이러한 새로움은 경쟁력이 되고 매출 상승과도 직결될 것임을 유추해 볼 수 있다. 사람을 포함한 이 세상 모든 삼라만상은 변화하지 않으면 도태되거나 변질되어 버린다. "고인 물은 썩는다"라고 물조차 순환이 이루어지지 않으면 녹조가 끼고 오염되기 마련인데 오래 살았다고 자신만의 타성에 젖어 변화하지 않는다면 살아남기 어려울지도 모를 일이다.

나이들수록 기존의 통념을 깨는 새로움이 필요하다. 이러한 새로움은 비록 늙었으나 더 이상 낡게 만들지 않도록 해준다. 마르셀 뒤샹(Marcel Duchamp)은 종래의 예술품에 대한 통념을 깨고 '새로운 생각' 그 자체가 미술이 될 수 있음을 보여준 혁신적 미술가다. 뒤샹은 화장실에서 볼 수 있는 남성용 소변기에 <샘>이라는 작품명을 붙여 전시했다.

마르셀 뒤샹은 미술가가 직접 만든 것뿐 아니라 기성제품이라도 작가가 선택하고 작가의 고유한 아이디어가 들어간 것이라면 미술작품이 될 수 있다고 보았다. 기존의 선입견과 고정관념을 배제하고 사물을 보면 화장실의 변기조차 아름다운 곡선과 형태를 포함하며 순백색을 지닌 미술품으로 보일 수 있다는 것이다. 뒤샹 이후로는 화가에게 요구되었던 기교와 솜씨는 작가의 생각을 전달할 때 필요한 것일 뿐 미술작품의 핵심은 작가의 사상이나 생각을 전달하는 것이 되어 버렸다.

통념을 뛰어넘으면 새로운 것이 보인다. 마르셀 뒤샹은 여기서 멈추지 않고 레오나르도 다 빈치의 모나리자가 그려진 그림

엽서에 콧수염과 턱수염을 그려 놓고는 <L.H.O.O.Q.>라는 작품명을 붙여 발표했다. 아름다움의 상징이라고 할 수 있는 모나리자의 얼굴에 턱수염과 콧수염을 그려 넣음으로써 '보편적 미'라는 것이 존재하는가에 대한 문제를 제기했다. 뿐만 아니라 명화의 권위와 그러한 권위를 부여한 전통에도 반기를 들면서 새로운 발상으로 모나리자를 재해석했다. 새롭게 보기 위해서는 기존의 통념을 깨부수는 발상의 전환이 필요하다.

자신이 하던 일을 반복하기보다 해본 적 없는 새로운 일을 시도해 보는 것도 새롭게 보기 위해 필요할지도 모른다. 이미 알고 있는 일을 그대로 하는 것은 편안함을 주지만 오래지 않아 경쟁력을 상실하게 된다. 세상은 역동적으로 변하는데 자신만 변하지 않는다면 적응하거나 살아남을 수 없다. 현재에 안주하고 새롭게 변하지 않으면 나이들어 늙은 것이 아니라 낡은 것이 되어 버린다.

새로운 시도가 실패로 끝날지라도 아무것도 하지 않은 것보다는 낫다. 수천 번의 넘어짐으로 인해 걸을 수 있게 되듯이 실패는 학습의 과정이며 새로운 출발점이 될 수 있다. 역설적이지만 나이들수록 편안한 현실에 안주하기보다 새롭고 낯선 것에 도전해야 한다. 그래야만 도태되지 않는다. 어찌 보면 변화는 존재의 숙명이다. 지금 글을 쓰고 있는 나조차 일 초 전의 나와 지금의 나는 다른 존재이다. 지금의 나는 이미 새롭게 호흡했으며 새로운 생각을 하며 새로운 글씨를 쓰고 있다. 일 초라는 짧은 시간 동안 내 마음의 생각도 변했고 내 몸 안의 세포도 달라졌다. 익숙함이 편하고 좋아 새로움을 외면해 버리면 머지않아 '고인 물'이 아니라 '썩은 물'이 될 수도 있다.

비록 나이드는 것은 막을 순 없지만 낡아지고 삭아지는 것은 내 의지로 멈출 수 있다. 나이들수록 편안함과 익숙함에 젖어 살기보다 항상 새로움을 찾아야 한다. 새로운 시각에서 바라보고 살면서 해보지 않던 것들에 도전해 보고 평소에 가보지 않던 길도 가봐야 한다. 나만의 새로움과 나만의 안목은 나이가 들어 늙을지는 몰라도 닳아서 허름하고 초라해지도록 만들진 않는다.

새로움은 현재에 안주하지 않는 것에서부터 출발한다. 그동안 살아온 삶의 틀에서 벗어나거나 사고의 틀에서 벗어나 새로운 시도를 단 하나라도 해본다면 어떨까 한다. 예를 들어 매일 승용차로 출퇴근을 했다면 오늘 하루쯤은 지하철을 타보는 것도 좋겠다. 점심에 늘 똑같은 메뉴만 먹었다면 오늘은 색다른 음식에 도전해 볼 수도 있겠다. 늘 지름길로 집에 왔다면 오늘만큼은 좀 오래 걸리더라도 와보지 않던 길로 온다면 그 낯섦과 새로움이 내게 영감을 선물할지도 모른다.

물론 다리만 아플 수도 있다. 인생은 알 수 없는 거니까. 그러나 한 가지는 분명하다. 나이들어 늙는 것이야 어쩔 수 없지만 낡고 싶지 않다면 나이들면 들수록 새로운 시각과 나만의 안목을 가져야 한다는 것이다. 오늘도 새로움에 도전하고 날마다 새로워져야겠다. 오늘만 아니라 살아있는 모든 날 동안 항상 일신 우일신(日新又日新)해야겠다.

요즘 일본어 공부를 시작했다. 유튜브를 보면 무료로 가르쳐 주는 곳이 꽤나 많다. <카모메 식당>을 보고 난 이후부터 일본 어를 좀더 알고 싶어졌다. 그후 <안경> <호노카아 보이> 등의 휴식 같은 영화를 보며 힐링되는 느낌이 들어 더욱 그랬다. 고 등학교 때 제2외국어로 독일어를 공부했고 대학 때도 계속 독 일어를 선택해 공부했다. 일본어를 접할 기회가 없었던 데다 한 국인으로서 일본에 대한 좋지 않은 감정 때문에 일본어를 배우 려 하지 않았다.

그런데 왜 갑자기 일본어를? 아프면서 내 생각과 달리 남겨 진 시간이 없을 수도 있다는 사실을 체감했다. 머릿속으로는 늘

'우리 모두는 시한부다'라는 생각을 했지만 그 '우리' 속에 나와 가족들은 배제시켰던 것 같다. 물론 나도 안다. 내가 언젠가 죽는다는 걸. 하지만 그날은 언제나 구체적으로 닿을 수 없는 먼 미래일 뿐이었다. 내일 죽을 수도 있다는 생각을 하면서 가장 후회되었던 건 정작 내가 하고 싶은 일은 하지 않았다는 사실이다.

공부해서 박사가 되고 교수가 되고 했던 지난날 모든 일들이 부질없이 느껴졌다. 물론 누가 시켜서 억지로 한 건 아니었다. 그 또한 나의 선택이었다. 뭔가를 탐구하고 분석하는 일을 비교적 좋아한다. 공부하고 연구하고 가르치는 일이 싫었다면 지금까지 해오진 못했을 거다. 하지만 마음속에서 더 간절히 원했던 것이 있었다. 바로 자유롭고 가볍게, 최대한 재미있게 사는 것이다. 교수라는 직업이 족쇄가 되어 가능한 한 품위를 유지하며 교수답게 살려고 했던 것 같다. 그 덕분에 쓸데없이 진중하고 무겁게만 살았다. 물론 특별한 실수 없이 현실을 직시하며 살았던 덕에 사건사고에 휘말린 적은 없었다. 무미건조한 삶 그 자체였다. 필요해서 해야 하는 일 말고 그냥 가슴이 시키는 일을 하며 살아보고 싶다. 왠지, 그냥, 막연히 좋아서 하고 싶은 일, 그런 일을 하며 시간을 보내고 싶다.

해외 여행은커녕 국내 여행도 별로 가본 적 없는 나지만 그나마 일본은 세 번이나 다녀왔다. 세 번의 여행 중 기억에 남는 유일한 한 가지는 소소한 일탈을 감행했던 일이다. 평소 겁 많고 안전주의자인 나는 내 성향에 맞게 비교적 안전하다는 일본조차 패키지로 다녀왔다. 일탈이라고 해봐야 야밤에 숙소를 탈출해 밤늦게까지 하는 돈키호테에 다녀온 일이 전부다.

돈키호테는 일본의 대형 할인마트다. 다이소와 비슷하지만 다이소보다 물건의 질이 좋고 가격도 싼 편이라 인기가 많은 곳이다. 그마저도 몰래 간 건 아니고 가이드에게 조르다시피 허락을 받아내고서야 다녀왔다. 가이드는 당연히 밤에 나가는 것은 위험할 수 있으니 호텔에서 쉬는 게 좋겠다고 만류했다. 가이드의 말에 겁이 났지만 한국에서부터 준비해온 가까운 돈키호테의 일본 주소를 손에 들고 무작정 택시를 탔다. 택시가 정차한 곳에 내려 두리번거리며 한참을 찾았더니 2층에 돈키호테 매장이 있었다. 이미 중국인과 한국인 관광객들로 발 디딜 틈조차 없었다. 늦게까지 운영하는 곳이 많진 않았지만 관광객을 대상으로 운영되는 곳이라 자정이 가까운 시간임에도 열기가 대단했다.

관광안내 책자나 블로그, 인터넷 사이트 등에서 보았던 일본 여행에서 반드시 사야 할 필수템들이 가득한 그곳은 천국이었다. 행운을 부른다는 고양이 인형 마네키네코, 맛있어서 꼭 먹어봐야 한다는 고형 카레, 장미맛 나는 사탕, 과즙이 들어 있는 젤리, 발이나 다리에 붙이면 피로가 풀린다는 파스, 계란을 밥에 넣고 비빌 때 느끼함을 잡아준다는 계란밥 전용 간장, 북해도의 오타루에서 사 온 오르골보다 더 예쁜 오르골, 세안용 폼클렌징,

양배추로 만들었다는 소화제, 나토키나아제, 유명하다는 치약 등등 양손 가득 물건을 사서 택시를 타고 숙소로 돌아왔다. 그것이 일본 여행 중 일탈의 전부이지만 그 짜릿함은 아직도 기억에 남는다.

가이드가 편안하게 안내해준 곳에 내려 구경하고 밥 먹고 숙소에서 편하게 자다가 돌아온 여행은 시간이 흐르면 잊힌다. 가이드 없이 일본어도 할 줄 모르는 내가 스스로 다녀온 돈키호테 그리고 그곳에서 일본 여행의 필수템을 사 온 그날의 기억은 쉽게 잊히지 않았다. 아는 사람 하나 없는 생경한 곳에서 좌충우돌하던 그날의 나는 생동감이 넘쳤고 들떠있었다. 살아있는 날것 그대로의 나였다.

주변 사람들은 일본어가 아니라 중국어를 공부하거나 영어나 더 공부하라고 충고한다. 맞는 말이다. 합리적이고 실용적인 생각이다. 그러나 때론 별 이유 없이 왠지 그러고 싶은 쪽을 선택해보는 것도 나쁘지 않을 것 같다. 예전의 나였다면 논리적이고 합리적인 선택을 했을 것이다. 그런데 살아보니 그것만이 정답은 아니었다. 사실 정답은 없었다. 그동안 너무 진중하고 무겁게 살아왔다. 한 번뿐인 인생, 조금은 가볍고 재미있게 살아보는 것도 괜찮겠다는 생각이 든다. 나이가 들수록 더 밝고 더 재미있게 살고 싶다.

오늘도 일본어를 공부하며 빵 터졌다. "何を召し上がりますか (나니오 메시아가리마스까)." 우리말로는 "무엇을 드시겠어요?"라는 존경을 담은 존칭 표현인데 욕 비슷하게 들렸다. "成績が上がりました(세-세끼가 아가리마시따)." 우리말로는 "성적이 올랐습니다"라는 표현인데 내 귀에만 욕으로 들리는 걸까?

열심히 따라했더니 속이 다 후련해졌다. 물론 차마 욕을 할 수 없으니 대리만족으로 일본어를 배우는 건 아니다. "일본어 배워서 어디에 쓰려고? 그럴 시간에 중국어나 공부해. 영어나 더 공부하든지." 나를 아끼는 사람들의 한결같은 조언이 들려오는 것 같다. 사용되지 않아도 좋다. 그냥 재미 삼아 해보는 거다. 막연히 가슴이 시키는 일에, 괜히 감성이 이끄는 대로 따라가보는 것도 괜찮지 않을까? 한 번뿐인 인생인데 남들이 정답이라고 내놓은 길을 무턱대고 따라가기보다 내가 하고픈 대로 가보는 거다. "今日も日本語の勉 は難しいが、非常に面白いです(쿄모 니 혼고노벤쿄와 무주카시이가, 히죠니 오모시로이데스: 오늘도 일본어 공부는 어렵지만 매우 재미있다)."

내가 가장 아끼는 물건

무소유까지는 아니지만 나는 비교적 물욕이 없는 편에 속한다. 특별히 물건에 집착하거나 무언가를 수집하고자 하질 않는다. 어릴 때 잠깐 우표를 수집한 적을 제외하곤 물건을 모은 적이 거의 없다. 우표가 좋아서가 아니라 주변 아이들 대부분이 우표를 수집하니까 그냥 따라했다. 우표 수집은 또래들과의 소통 창구 같은 것이었다. 모든 아이들이 보는 TV 프로그램을 나만 안 보면 대화에서 소외되듯이 우표 수집이 그러했다. 그렇게 시작된 우표 수집은 얼마 가지 못했다. 애초에 순수하게 좋아서 한 것이 아니라 소외되지 않으려는 의도로 시작한 것이었기에 곧 흐지부지되었다. 유년기의 우표 수집을 끝으로 더 이상 무언가를 모으거나 수집하지 않는다.

몇 해 전 친오빠가 세상을 떠났다. 오랜 외국 생활을 하고 한국에 정착한 지 얼마 되지 않은 오빠는 싱글로 생을 마감했다. 오빠가 가장 사랑한 것은 술과 음악이었다. LP판과 CD를 수집하는 것이 오빠의 유일한 취미였다. 입버릇처럼 자신의 수집품을 자랑하던 오빠가 생각나곤 한다.

그렇게 오빠가 떠나고 오빠의 컬렉션은 방치되다 정리를 해야 하는 순간이 왔다. 어머니와 가장 가까운 곳에 살던 내가 결국 정리해야만 했다. 나는 음악을 싫어하진 않지만 오빠만큼 음악에 조예가 깊지도 않고 다양한 장르를 좋아하지도 않는다. 대부분의 시간을 조용한 장소에서 집중하며 공부만 해온 나는 음악과 그리 친한 편이 아니다. 평소 음악에 큰 관심이 없었던 내가 정리하려니 버겁고 힘들었다. 일부는 판매를 하여 어머니의 부엌 싱크대 수리에 사용하고 일부는 형부가 가져가는 것으로 일단락됐지만 판매하는 과정은 녹록지 않았다. 오빠에겐 그 무엇과도 바꿀 수 없는 소중한 애장품이었지만 남겨진 가족들에겐 오빠를 떠올리고 추억하게 하는 물건 그 이상도 그 이하도 아니었다. 그마저도 시간이 지나면서 한 방을 가득 차지한 애물단지로 전락하고 말았다.

목숨처럼 소중하게 지켜온 소장품을 오빠는 단 한 점도 가져가지 못했다. 물건에 대한 집착이 얼마나 허망한지 그때 나는 똑똑히 보았다. 오십이 넘으면 물건은 뺄셈, 나눔은 덧셈을 해야 한다는 말처럼 언제 내가 떠나도 남겨진 사람이 내 짐을 정리하느라 힘겹지 않았으면 좋겠다.

언젠가 읽었던 법정스님의 「무소유」에 이런 내용이 나온다. 법정스님이 좋아하는 난을 선물받아 키우다 보니 난에 집착하게 되어 '지금은 난에 물 줄 시간인데', '지금은 난에 햇빛을 쬐게 할 시간인데' 이런 생각이 들다보니 지인들과의 만남에 집중할 수 없었고 더 이상 모임이 즐겁지 않았다는 내용이었다.

무언가 소유하고 집착하게 되면 그 대상 때문에 가고 싶은 곳에 마음대로 갈 수 없고 만나고 싶은 사람과 자유롭게 만날 수도 없다. 내 몸은 그곳에 가 있고 그 사람을 만나고 있어도 내 마음은 집착하고 소유한 대상에서 벗어나지 못하고 얽매여 있다보니 온전히 현재에 집중할 수가 없다. 자유가 억압되고 구속된다. 생을 마감할 때 가져가지도 못하는 대상물 때문에 살아있을 때조차 온전히 자유로울 수 없다.

언제 내가 떠나더라도 남겨진 사람이 내 짐을 정리하느라 힘겹지 않도록 몇 년째 사용하지 않는 물건은 버리거나 필요한 다른 사람에게 나누어 주고 있다. 그런 내가 최근에 애착하게 된 물건이 생겼다. 바로 그릇이다.

누구나 사연 없는 사람 없고, 위기를 겪지 않은 사람 없겠지만 내 삶도 그리 녹록지는 않았다. 그런 와중에 투병 생활까지 하면서 과연 나를 위해 무엇을 했는지 돌아보게 되었다. 안타깝게도 그동안 열심히는 살아왔지만 나를 위해 정갈한 그릇에 정성스러운 음식을 대접한 적 한 번 없었다.

그동안 고단한 삶을 버텨내 준 고마운 내 몸에게 한 번이라도 고마워한 적도 없었다. 그저 왜 더 열심히 살지 않는지 다그치기만 했다. 왜 더 잘하지 못하는지 몰아붙이기만 했다. 고마운 내 몸에게 정말 미안하다. 성과를 내기 위해 안간힘을 쓰고 나를 채찍질하기 전에 건강한 먹을거리에 관심을 갖고 내 몸을 위한 운동과 휴식에 관심을 가졌다면 어땠을까 생각한다.

요즘 나는 그동안 관심도 없고 별로 해본 적도 없던 요리에 관심을 갖고 비로소 나를 위한 요리를 만들고 있다. 그간 나만을 위해 요리하거나 꼬박꼬박 매 끼니를 챙겨 먹진 못했다. 그러나 아프고 나서야 비로소 알게 되었다. 세상 누구보다 소중한 나 자신에게 얼마나 야박했는지를. 투박하지만 건강한 음식을 정갈한 그릇에 담아 선물처럼 대접하고 있다. 오늘은 어떤 그릇에 담아볼까? 행복한 고민을 하면서 일상의 작은 사치를 누리고 있다.

같은 음식이라도 어떤 그릇에 담아내느냐에 따라 묘하게 다른 느낌을 준다. 어떤 그릇은 화려함과 화사함을 선사하고 어떤 그릇은 정갈함과 소박함을 선물한다. 또 어떤 그릇은 모던함과 세련됨을, 또 다른 그릇은 심플함과 유니크한 느낌을 준다. 마치 형태가 없는 물을 어느 그릇에 담아내느냐에 따라 동그랗게도 보이고 네모나게도 보이는 것처럼 그릇이 가진 느낌은 천차만별이다. 그날그날의 기분에 따라 그릇을 선택해 나를 위한 플레이팅을 즐긴다. 어떤 그릇에 담을까 고민하고 선택하는 과정이 묘하게 즐겁고 설렌다.

내가 나에게 해줄 수 있는 작은 선물은 매일의 건강 밥상을 완성시켜 주는 그릇을 선택하는 것이다. 바로 그 그릇이 요즘 내가 가장 아끼는 물건이다. 병든 내 몸에게 고맙고 미안했다고 화해를 청하고 싶었나 보다.

내가 가진 가장 좋은 그릇에 음식을 담아 나에게 대접하는 루틴은 나 자신이 얼마나 소중한 존재인가 다시 한 번 깨닫게 해준다.

  양쪽 유방 모두에 암이 있다는 유방암 진단을 받은 후 공포가
엄습해 왔다. 내가 얼마 가지 않아 죽을지 모른다는 생각은 공
포와 불안을 몰고 왔다. 만약 내게 주어진 시간이 얼마 남지 않
았다면 나는 과연 무엇을 해야 할까? 그리고 무엇을 할 수 있을
까? 이런 생각에 이르자 산다는 것 자체가 공허하고 덧없이 느
껴졌다.

  나의 죽음을 생각하면 할수록 우울하고 무서웠다. 언젠가는
죽겠지만 아직은 죽음을 떠올리기 싫었다. 물론 죽음은 언제 찾
아오더라도 충분히 준비가 되어 있는 순간이 없다는 걸 잘 안
다. 한 번도 내가 당장 죽을 수 있다는 생각을 해본 적 없던 나는
당혹스럽고 두려웠다. 수술과 항암치료, 방사선 치료, 표적치료

를 견뎌내는 것도 힘겨웠지만 죽음의 공포를 직면해야 한다는 사실이 더욱 두려웠다.

죽음의 공포를 이겨내기 위해 죽을 수 있다는 생각을 하지 않기로 했다. 그저 하루하루 할 수 있는 일들에 집중하며 철저히 현재를 살았다. 아침에 일어나면 침대 시트와 이불을 정리했다. 사용한 물건이 있다면 곧바로 제자리에 가져다 놓았다. 창문을 열어 환기를 시키고 청소를 했다. 그리고 아침, 점심, 저녁에 먹을 음식을 손수 장만하고 요리도 하면서 죽을 수 있다는 불안과 공포를 떨쳐냈다.

내일 죽을지도 모르고 내게 남겨진 시간이 얼마가 될지 모른다는 생각이 들자 한가롭게 미래를 계획하거나 미래에 대한 구상을 할 여유가 없어졌다. 내가 유일하게 통제할 수 있는 '지금, 여기'에 자연스럽게 집중하게 되었다. 하루하루 나를 위해 시간을 사용했다. 이전에는 밀 키트(meal kit)로 조리하거나 마트에서 냉동식품을 사서 먹거나 그도 아니면 외식을 했다. 집에서 직접 식사를 만들어 먹은 적이 많지 않았다.

아프고 나서 가장 먼저 바뀐 것은 가능한 한 집밥을 먹는 것이다. 번거롭고 수고롭지만 스스로 재료를 손질하고 요리해서 집밥을 먹기 시작했다. 삼시세끼 집밥을 해 먹느라 하루를 분주하게 보내다 보면 내일이 성큼 다가와 있었다. 영화 <바람과 함께 사라지다>의 여주인공 스칼렛 오하라가 말했던 명대사 "내일은 내일의 태양이 떠오를 거야(After all tomorrow is another day)"처럼 또 다른 새 날이 찾아왔다. 그렇게 서서히 죽음에 대한 공포도 옅어졌다.

공포와 두려움을 일으킨 것은 다름 아닌 나의 생각이었다. 생각을 비우고 온전히 현재에만 집중하자 마음이 평온하고 가벼워졌다. 아프기 전에는 무엇이든 계획하길 좋아했고 미래에 해야 할 일을 메모하며 생활했다. 지금 생각해 보면 무게 중심이 늘 현재보다는 미래에 있었던 것 같다. 당시 내 지론은 '생각하지 않은 것은 이룰 수 없다'였다. 무언가 꿈꾸고 계획을 세우면 바라던 만큼은 아니어도 비슷하게라도 현실로 나타나는 것을 경험한 후 이러한 생각이 더욱 견고해졌다. 그러다 보니 생각 없이 사는 것이야말로 나태하고 잘못된 것이라 여겼다. 시간이 나면 다이어리를 펼치고 미래에 이루고 싶은 것들을 빼곡하게 적으며 뿌듯해했다. 그런데 그럴수록 왠지 모르게 초조하고 불안했다. 내 몸은 현재를 살고 있는데 내 생각과 정신은 미래에 가 있다보니 현재에 있는 나는 정작 현재를 살 수 없었다.

노자는 "우울한 사람은 과거에 살고 불안한 사람은 미래에 살며 평안한 사람은 현재에 산다"라고 했다. 아프고 나서야 노자가 말한 의미를 이해할 수 있었다. 생각을 비우고 온전히 '지금, 여기'에 집중하자 훨씬 가볍고 평온해졌다. 늘 긴장과 불안 속에 살던 내 삶이 변했다. 생각을 비우고 사는 것은 게으른 것도 충동적으로 사는 것도 아니었다. 한 번뿐인 인생을 낭비하며 대충 사는 것은 더더욱 아니다. 오히려 현재에 오롯이 집중함으로써 평온하고 충만한 삶이 된다. 지금 이 순간이 쌓여 미래가 오는 것이기에 불필요한 생각을 비우고 이 순간을 살아야 한다. 내가 통제할 수 있는 순간은 지금뿐이다. 지금 내가 하는 일이 무엇이건 온 마음을 다해 정성껏 그 일을 하고 지금 내 곁에 있는 사람이 누구든 그 사람에게 온전히 집중하는 것이야말로 내게 남겨진 시간을 가장 잘 사용하는 것임을 깨닫는다.

인생은 '가늘고 길게': 파레토 법칙

요즘 들어 드는 생각은 최선을 다하는 게 반드시 좋은 것만은 아니라는 거다. '무엇을 하건 너무 열정적으로 열심히 하진 말자'라는 생각이다. 너무 사력을 다하게 되면 곧 지치게 되고 열심히 한 만큼의 성과가 나타나지 않으면 이내 포기하게 된다. 한 만큼의 보상이나 대가가 따르지 않는 노력과 열정은 얼마 가지 못한다. 대가나 보상이 없는 일에 매달리게 되면 허망함과 허탈감에 빠지게 된다. '아무리 노력해도 나는 할 수 없나봐'라는 자괴감에 빠지기까지 한다.

세상사 모든 일은 시차가 존재한다. 내가 아무리 열심히 노력했다고 해도 바로바로 내가 한 일이 성과를 맺게 되고 원하는 보상을 받지는 못한다. 예를 들어 아무리 열심히 사과나무 묘목을 심고 가꾸었다고 해도 사과나무가 자라 꽃을 피우고 열매를 맺으려면 오랜 시간이 걸린다. 아무리 묘목을 세심하게 보살폈다고 해도 바로 사과를 딸 수 있진 않다. 문제는 그런 시차를 견뎌내야 하는데 너무나 노력을 하게 되면 참고 인내하고 버텨내야 하는 그 순간 '번아웃(burnout)'이 되어 무너지고 포기하게 된다.

내가 할 수 있는 만큼 백 퍼센트의 최선을 다하는 것보다는 어느 정도 에너지를 남겨두고 버텨낼 힘을 비축하면서 꼭 필요한 곳에만 에너지를 사용하는 것이 좋겠다는 생각이다. 코브라조차 맹독을 가지고 있지만 아무 때나 물지 않는다고 한다. 자신에게 의미가 있고 필요할 때만 독을 사용한다고 한다.

사람도 마찬가지로 모든 일에 자신이 가진 에너지를 사용해버리면 정작 자신의 힘과 에너지를 쏟아 부어야 할 때 지쳐버린다. 중요하지도 않은 모든 일에 노력과 열정을 쏟는 것은 의욕을 낭비하고 에너지를 소모해 정작 모든 것을 쏟아 부어야 할 중요한 순간을 놓쳐버리는 결과를 초래할 수 있다. 그렇기 때문에 모든 일을 다 잘하려고 노력하기보다 중요한 한 가지 일을 선택해 집중하면 여러 가지를 다 잘하려고 할 때보다 훨씬 더 효과적이다. 성공할 확률도 훨씬 높아진다.

심리학에서는 이를 '파레토 법칙(Pareto's law)' 혹은 '8 대 2 법칙'이라고 부른다. 모든 일은 동일한 비중으로 중요한 것이 아니며 매우 중요한 일은 20%에 불과하다는 것이다. 나머지 80%는 그다지 중요한 일은 아니기 때문에 최선을 다해서 임해야 하는 일은 전체의 20%에 불과하다는 것이다. 지금 내가 하고 있는 일에 대해 우선순위를 생각해보고 전력투구해야 할 일이 무엇인지를 결정할 필요가 있다. 나머지 80%의 일은 힘을 빼고 적당히 넘어갈 필요가 있다.

아프기 전에 나는 꼼꼼하고 빈틈없다는 평가를 많이 들었다. 아주 사소한 것까지 목숨 걸며 완벽하게 해내려고 애를 썼다. 중요하지 않은 자질구레한 일은 그냥 적당히 무시하고 넘어가도 됐을 텐데 그러질 못했다. 그러다 보니 일의 능률이 떨어지고 신속하게 일처리를 하기보다는 시간이 상당히 걸렸다. 결과물은 큰 실수 없이 나왔지만 굳이 중요하게 처리하지 않아도 될 것까지 모두 에너지를 고르게 쓰다 보니 지치고 소진되어 번아웃이 오고야 말았다.

지나치게 열정을 갖고 최선을 다해 온 힘을 쏟았던 일은 넌더리가 날 만큼 싫어지는 순간이 찾아왔다. 대부분은 내가 들인 만큼의 보상이 주어지지 않았거나 나는 죽을 둥 살 둥 목숨 걸고 했는데 아무도 인정해 주지 않았을 때 일 자체가 싫어졌다. 처음엔 그 일이 좋아서 미친 듯 열정적으로 다가갔고 '노력'을 넘어서는 '노오력'을 했다. 그러다가 결국은 그 지나친 열정과 노력 때문에 좋아하던 일 자체가 싫어졌고 '짧고 굵게' 발버둥

치다 작렬하게 그 일과 이별을 고하게 되었다. 악착 떨며 너무 열심히 사는 것만이 잘 사는 건 아니라는 걸 뒤늦게 깨달았다.

열심히 살아야 할 젊은이들에게 혹은 그런 결심을 한 사람들에게 '이 무슨 재 뿌리는 소리냐'라고 반문할지 모른다. 자신의 체력이나 상황에 따라 100%의 최선을 다해 열심히 도전해 보는 것도 나쁘진 않다고 생각한다. 누군가 그렇게 하겠다면 말릴 생각은 전혀 없다. 오히려 그 용기와 도전에 박수를 쳐주고 싶다. 그러나 그런 삶의 경험이 있었던 나는 만약에 다시 예전의 상황으로 돌아간다면 미련하게 100%의 노력을 쏟아 붓고 그만큼의 대가나 보상이 주어지지 않는 일로 인해 상처받고 싶진 않다.

지금 와 생각해 보면 모든 일을 완벽하게 잘하는 것은 중요하지 않았다. 집중하기로 선택한 일만 잘해도 별 문제가 없었다. 그런데도 사소한 것까지 놓치지 않으려는 욕심이 오히려 에너지를 갉아먹고 정작 중요한 일에 써야 할 에너지를 상당 부분 소진시켰다.

유한한 시간 동안 내가 꼭 이루고 싶은 것, 이루어야 할 일의 우선순위를 정하는 것은 매우 중요하다. 언젠가 세상과 이별하는 그날이 찾아오더라도 하지 못한 것들에 대해 후회하며 '~해볼걸, ~가볼걸, ~줄걸' 하며 죽지 않기 위해서도 선택과 집중은 필요하다. 그냥 재미 삼아 쉬엄쉬엄 가늘고 길게 가는 것도 나쁘지 않다고 생각한다.

시간이 누적되면 꽃이 피고 열매도 맺는 순간이 오듯이 내게도 희망적인 반가운 소식이 찾아올지 모른다. '굵고 짧게'보다는 '가늘고 길게' 가는 사람이 되고 싶다. '굵고 짧게'보다 지루하더라도 꾸준하게 지속되는 '가늘고 길게' 가는 인생이고 싶다.

알 수 없는 인생

　학창 시절 버스 정류장에서 버스를 기다리다 보면 항상 내가 타려는 버스만 안 온다. 남들은 얼마 기다리지 않고 버스에 타는데 나만 계속 기다리는 것 같다. 막상 버스를 탔어도 만원인 경우가 대부분이라 망했다 생각하고 창 밖을 보면 같은 노선의 텅 빈 버스가 뒤따라와 있다. 먼저 탔다고 반드시 좋은 것도 아니다. 늦게 탔더라도 앉아서 가고 더 빨리 갈 수 있다.

　인생은 모른다. 알 수가 없어 더욱 흥미롭다. 뒤따라온 버스를 타서 편안하게 갈 수 있다고 반드시 좋은 것만도 아니다. 배차 간격 때문에 기다렸다 갈 수 있어 지각할 수 있기 때문이다. 또한 텅 빈 버스도 얼마 가지 않아 만원 버스로 변하기도 한다. 좋다고 생각한 일이 나쁜 일로 변하기도 하고 나쁘다고 생각했던 일이 좋은 일로 변하기도 한다. 그래서 인생은 눈부시게 슬프고도 아름답다.

고사성어에 '새옹지마(塞翁之馬)'라는 말이 있다. 한자 뜻 그대로 직역하면 '변방 늙은이의 말'이지만 의역하면 인생의 길흉화복(吉凶禍福)은 변화가 많아 예측하기 어렵다는 의미다.

고사성어의 유래는 다음과 같다. 변방 근처에 점을 잘 치는 한 늙은이가 살았는데 어느 날 그의 말이 아무런 이유 없이 오랑캐 땅으로 도망쳤다. 마을 사람들이 노인을 위로하자 늙은이는 실망하는 기색 없이 "이것이 복이 될지 어찌 알겠는가?"라며 담담히 받아들였다. 얼마 후 노인의 말이 오랑캐의 준마를 데리고 돌아오자 이번엔 마을 사람들이 모두 축하했지만 노인은 "그것이 무슨 화가 될지 어찌 알겠는가?"라고 의연하게 말했다. 집에 좋은 말이 생기자 평소 말 타기를 좋아하던 노인의 아들이 말을 타다가 말에서 떨어져 다쳤다. 이번엔 마을 사람들이 위로하자 노인은 "이것이 복이 될지 어찌 알겠소?"라며 일희일비(一喜一悲)하지 않았다. 일 년 후 오랑캐가 쳐들어오자 마을의 젊은이들은 모두 싸움터로 징집되어 가서 열 명 중 아홉 명은 죽었으나 노인의 아들은 다리가 불편한 덕에 살아남을 수 있었다. 이처럼 인생의 길흉화복은 그 누구도 알 수 없으며 어떤 일이 행운이 되고 불행이 될지는 아무도 모른다.

법륜 스님의 즉문즉설에 이런 이야기가 나온다. 어느 날 쥐 한 마리가 좋은 그릇에 잘 차려진 음식을 보고 "이게 웬 떡이야? 쥐구멍에도 별 들 날 있다더니 나한테도 이런 날이 오는구나!"라며 감격해 쥐약이 들어 있는지도 모른 채 그 음식을 먹고 죽었다는 이야기다. 좋아 보이지만 사실은 그것이 나에게 치명적인 독이 될 수도 있다. 그토록 원하던 것이 이루어졌더라도 그것이 꼭 나에게 좋은 것만은 아닐 수 있다. 내 뜻대로 되지 않아도 오히려 그것이 나에게 더 좋은 것일 수도 있다. 인생은 한 치 앞도 모른다.

나 역시 그랬다. 내가 원하는 대로 인생이 풀려나가면 앞으로 희망이 가득하고 행복하기만 할 거라 착각했다. 그러나 삶은 그렇지 못했다. 산 넘어 산의 연속이었다. 내가 생각하고 그렸던 삶과 비슷하게 흘러 가더라도 예기치 못한 일들이 생기고 행복했던 일이 얼마 가지 않아 최악의 불행을 안겨주는 일이 되기도 했다.

흔히 사람들은 '대학 가면……', '취직만 하면……', '결혼하면……', '아이가 태어난다면……', '내 집 마련하면……' 등과 같이 늘 자신이 원하는 대로 되면 동화처럼 행복한 결말만 있을 거라 기대한다. '그렇게 행복하게 오래오래 잘 살았답니다'라는 말은 동화에서나 가능한 말이다. 얼마 못 가 대학에 간 것이, 취직한 것이, 결혼한 것이, 아이를 낳은 것이, 내 집을 마련한 것이 족쇄가 되어 이전엔 상상도 못한 고통으로 몸부림치다 스스로 인생을 끝낼 수도 있다. 결혼만 하면 행복할 것으로 생각하던 사람들이 배우자 때문에 못살겠다며 이혼하기도 하고 자녀의 탄생을 기다리던 사람들이 산후우울증이나 양육 문제로 이혼에 이르기도 한다. 취업만 하면 모든 일이 해결될 거라 생각하던 사람들도 직장문제로 자살까지 하기도 한다.

<잠깐만 회사 좀 관두고 올게>라는 영화를 보면 다카시라는 청년이 영업부 사원이 되면서 스트레스로 인해 지하철에 뛰어들어 자살하려는 장면이 나온다. 다행히 주인공 다카시는 그를 구원해 준 야마모토를 만나 직장을 그만두고 새 출발을 하게 된다. "직장이 전쟁터면 밖은 지옥이다"라는 드라마 <미생>의 명대사도 있지만 다카시는 오히려 직장을 박차고 나와 더 큰 자유와 만족을 느낀다.

버티다 보면 '이 또한 지나가리라'는 말은 반은 맞고 반은 틀린다. 내가 선택한 것은 무엇이건 잘 되고 행복해야 한다는 집착에 사로잡히면 쉽게 벗어날 수 없다. 행복하려고 했던 내 선택이 잘못된 것이었다면 바로잡을 용기가 필요하다. 무조건 참고 견디는 게 아니라 때로는 악순환의 연결고리를 끊어내고 다시 시작할 수 있어야 한다. 타인의 기대와 시선 때문에 자신을 외면하고 억누르며 무조건 버티고 견디는 것만이 능사는 아니다.

인생에 정답은 없다. 알 수 없는 인생이기에 더더욱 그렇다. 무조건 견디며 버티며 살기보다는 알 수 없는 인생이기에 오히려 더 도전하며 용기 있게 살아야 한다. 자신에게 충실하고 진실하게 살아야 한다. 타인의 기대와 기준에 맞춰 살지 말고 가장 나답게 사는 거다. 그래야 후회가 남지 않을 것 같다.

인생은 프리셀처럼: 자기결정성

나는 게임을 좋아하지 않는다. 게임을 많이 해본 적도 없고 잘하지도 못한다. 이런 내가 유일하게 좋아하는 게임은 프리셀 게임이다. 윈도우에 기본으로 제공되는 카드 게임으로 오래된 고전 게임 중 하나다. 뒤죽박죽 섞여 있는 카드를 네 개의 빈 공간을 활용해 옮기면서 에이스 카드부터 순차적으로 카드를 정리해 모든 카드가 다 정리되면 게임이 끝난다.

아프면서 자연스레 나를 돌아보고 휴식할 수 있는 시간이 생겼다. 예전에 컴퓨터는 문서작업과 강의 준비를 위해 존재하는 생계에 필요한 도구였지만 지금은 휴식을 위한 여가의 도구로 바뀌었다. 컴퓨터를 켜고 인터넷 서핑도 하면서 세상 돌아가는 것도 보고 음악도 듣고 영화도 보고 일기도 쓰고 글도 쓰면서 가끔 프리셀 게임도 한다.

프리셀 게임을 하다 보면 쉽게 한 게임이 정리되어 끝나기도 하지만 몇 번을 실행 취소를 눌러 다시 카드를 옮기고 막혔던 부분부터 시작해 겨우 게임을 끝내는 경우도 있다. 그러나 포기하지 않고 끝까지 되돌리기를 해서라도 계속 게임을 풀어가다 보면 끝나지 않을 것 같던 그 게임도 해결되고 끝낼 수 있다. 내가 해결방법을 찾지 못했을 뿐이고 해결되지 않는 방식으로 대응을 뿐이지 해결하지 못할 게임은 없었다. 지나고 보니 세상의 모든 일도 프리셀 게임과 닮은 것 같다. 당시에 나에게 고통을 안겨주고 해결되지 않아 힘겨웠던 문제들 역시 내가 다른 방식으로 접근했다면 쉽게 해결되었을지도 모른다는 생각이 든다.

카드를 이리저리 옮겨도 잘 풀리지 않을 때는 게임을 포기하고 싶은 생각마저 든다. 이 게임이 뭐라고 이렇게까지 할 필요가 있을까 싶다가도 시작한 건데 끝내야지라는 인내심을 가지고 다시 여러 차례 시도하다 보면 문제가 해결된다. 카드가 모두 정돈되면 요란한 축하음과 승리의 폭죽이 터진다. 이 순간엔 마치 개선장군이라도 된 것처럼 기분이 좋아진다. 쉽게 이긴 게임은 이런 감흥이 잘 일어나지 않는다. 게임에 오랜 시간을 쏟아 붓고 잘 풀리지 않아 이렇게도 저렇게도 카드를 옮겨가며 여러 차례 시도하다 이긴 게임은 아이러니하게도 더 큰 즐거움을 안겨준다. 과정이 힘들고 고통스러울수록 포기하지 않고 계속 시도해 결국 원하던 바를 이루어낸 나 자신을 더 응원하고 격려하는 마음 때문인 것 같다. 인생에서의 성취도 오랜 시간 노력해서 획득할 수 있었을 때 더 만족스럽고 뿌듯했던 것 같다. 큰 노력 없이 단기간에 성취한 것도 기분은 좋았지만 스스로를 대견스럽게 생각할 정도는 아니었다.

프리셀 게임을 하면서 누군가에게 전화를 걸어 어떻게 하면 좋을지 물어본 적은 없었다. 풀리지 않는 문제가 나오더라도 이리저리 카드를 옮겨보고 실행 취소 버튼을 눌러 다시 시도하면서 결국은 게임을 성공적으로 끝마치곤 했다.

그런데 내 인생의 중요한 결정을 내려야 할 순간에는 꼭 누군가에게 전화를 걸거나 만나서 자문을 구하곤 했다. 돌아보면 잘못된 일이었다. 마치 결정 장애(決定障礙)가 있거나 나 자신을 믿지 못하는 것처럼 굴었다. 내 일에 대해 나만큼 고민하고 잘 알고 있는 사람은 없는데도 말이다. 최종적 책임 역시 내가 질 수밖에 없다. 그런 문제를 나 아닌 다른 사람에게 묻고 그 조언대로 의사 결정해 버리는 우를 범했다. 마치 지금 프리셀 게임을 하는 사람은 나인데 전화로 어떻게 해야 게임에 이길 수 있는지 자문을 구하는 거나 마찬가지였다. 상대방은 게임 화면은 보지도 못한 채 전화를 통해 내 이야기만 듣고 훈수를 둘 뿐인데 내 문제를 묻고 그 사람의 말을 듣고 결정해 버린 것이다.

물론 상대방은 잘못이 없다. 자신의 소중한 시간 중 일부를 할애해 귀담아들어 주었고 진심으로 조언을 해주었을 뿐이다. 문제는 나 자신이다. 스스로 해결해야 할 일을 다른 사람에게 떠넘긴 거나 마찬가지였다. 중요한 사안일수록 조언을 구하지 말았어야 했다. 다른 사람들의 다양한 생각이 필요한 것이 아니라 내가 무엇을 원하는지 그리고 내 마음이 어떤지를 똑똑히 보았어야 했다. 나 자신을 외면하지 말고 직면했어야 했다.

　다른 사람들의 합리적 생각이 내가 원하는 바는 아니다. 나는 다른 사람의 인생을 대신 사는 아바타가 아니다. 나 스스로의 삶을 살아가는 주체인데 나를 외면하고 타인의 합리적 생각대로 인생을 살아가다 보면 내 삶에서 정작 중요한 '나'는 없어진다. 프리셀 게임을 할 때 자문을 구하지 않는 것처럼 내 문제는 철저하게 나 스스로에게 물어봤어야 했다. 사회적 시선이나 타인의 생각을 참조할 필요가 없다. 두렵지만 내면의 나의 진심과 대면하고 그 길을 따라갔어야 했다. 프리셀 게임을 할 때 해결하지 못하는 상황이 발생해도 누군가에게 전화를 걸어 조언을 구하지 않는 것처럼 내가 알아서 이렇게도 저렇게도 시도해 봤어야 했다. 그러면 풀리지 않던 게임도 해결됐던 것처럼 내 문제도 내가 원하는 방향으로 해결했을지도 모른다.

　심리학에서는 사람은 태어날 때부터 남으로부터 강요받은 일을 좋아하지 않는 기본적 본능을 가지고 있다고 한다. 그렇기 때문에 외부로부터 부과된 외재적 동기보다는 스스로 결정한 자발적 선택이 더 큰 영향력을 발휘한다고 본다. 이것을 '자기 결정성 이론(self-determination theory)'으로 부른다. 에드워드 데시(EdwardL.Deci)와 리처드 라이언(RichardM.Ryan)에 의해 제기된 이론으로 자율 동기를 조장하고 북돋아주는 동기유발을 했을 때 더 많은 성과와 성취가 나타났다고 한다.

프리셀 게임은 아무리 복잡하고 어려운 과제가 주어져도 지치고 피곤하다는 생각이 들지 않는다. 생계를 위해 인내해야 하는 고된 일이 아니라 스스로 원해서 하는 오락의 형태이기 때문이다. 유아들에게 놀이란 선생님이 시켜서 하는 재미있는 '퍼즐 맞추기'가 아니라 자발적으로 선택한 '수학 문제 풀기'라고 한다.
아무리 재미있어도 스스로 선택한 것이 아닌 타인에 의해서 하게 되는 경험은 놀이가 될 수 없다. 놀이보다는 강요에 의해 할 수밖에 없는 일에 가깝다. 반면 어려워도 힘들어도 스스로의 내적 자발성에 의해 선택한 것은 놀이가 될 수 있다.

아프면서 멀게만 느껴지던 죽음이 친숙하게 다가왔다. 언젠가 우리 모두는 죽는다. 다만 그 시기가 서로 다를 뿐이다. 그 순간이 왔을 때 후회하지 않고 가장 나답게 살았다고 말할 수 있을까? 그렇게 하려면 지금 나는 무엇을 해야 할까? 스스로에게 물어봐야 한다. '지금 너는 행복하니?' '만약 네게 남겨진 시간이 얼마 없다면 무엇을 하고 싶니?' 더 이상 나를 외면하지 말고 타인이 아닌 나에게 질문해야 한다. 사회적 시선이나 기대 때문에 외면하고 포기했던 것이 있다면 더 늦기 전에, 아직 살아있고 내 몸을 스스로 통제할 수 있는 바로 지금 그 일을 시작해야 한다.

사람은 모두 다양하다. 내가 프리셀 게임을 좋아하듯 모든 사람은 각자 좋아하는 것이 다르다. 스스로의 자발적 선택을 통해 정말 내가 하고 싶은 것을 하면서 살아도 시간은 부족하다. 모두가 합리적 선택이라고 생각하는 길을 굳이 나까지 갈 필요는 없다. 나에게 맞는 길은 내가 만드는 길이지 누군가 만들어 놓은 길은 아니다. 나와 비슷한 생각과 감성을 지닌 사람은 있을 수 있지만 그 사람이 곧 나는 아니다. 나는 이 세상 누구와도 같지 않은 고유한 생명체일 뿐이다. 자발적으로 원하는 일을 하면서 스스로에게 솔직하게 살아야 한다. 그 누구의 길을 따라갈 필요 없이 나에게 맞는 길을 개척하며 살아보는 거다. 오늘도 나는 나를 응원하며 내가 만들어가는 그 길을 가보는 거다. 후회가 남지 않도록 오늘도 나에게 충실하게 살아야겠다.

내면 아이

아프고 나서부터 열심히 살기보다 재미있게 살고 싶다는 생각을 많이 하게 되었다. 그동안 너무도 무미건조하게 살아와서 무엇을 하면 재미있게 살 수 있는지 재미에 대한 감을 잃어버린 것도 같다. 에리카 J. 초피크(Erika J. Chopich)와 마거릿 폴(Margaret Paul)에 의하면 재미를 느낄 줄 아는 능력은 '내면 아이(inner child)'에 얼마나 접근해 있는가에 달려 있다고 한다.

진정한 놀이란 어디서나 자연스럽게 발생할 수 있는 일종의 태도이기에 일상의 어느 순간이라도 놀이처럼 재미있게 바꿀 수 있다고 한다. 마거릿 폴에 의하면 내면 아이란 약하고 상처 받기 쉬운 부분으로 감정을 우선시하는 직감적 본능을 의미한다. 성인이 된 우리 모두에게는 내면 아이가 존재한다.

생각해 보면 성인이 되고 나서부터는 일부러 내 안의 어린아이 흔적을 지웠던 것 같다. 꼬마였을 때는 상상력 풍부한 활달하고 유쾌한 소녀였는데 어느 순간부터 내 안의 잘 웃고 떠들던 소녀는 없어지고 지나치게 신중하고 진지한 어른만 남게 되었다. 어른답게 행동하라고 나를 종용하고 실수하지 말고 신중해야 한다며 나를 채근하면서 내 안의 직감적 본능인 내면 아이는 사라졌다. 나이답게 행동하길 강요하면서 아이 같은(childlike) 내면 아이는 억누르고 유치한(childish) 것으로 치부해 버렸다. 그 결과 내면 아이와 분리되면서 신나게 놀고 즐기는 것이 어려워졌다. 좀더 정확하게 말하자면 노는 법을 잊어버렸다. 시간이 나면 부족한 잠을 자거나 영혼 없이 TV를 켜고 이 채널 저 채널 돌려보는 것이 놀이와 휴식 시간의 대부분을 차지했다.

행복한 삶의 비결 중 하나는 '좋아하는 일'을 찾는 거라고 한다. 좋아하는 일을 하는 경험은 스스로를 가치 있게 느끼도록 만들어 공허감을 채워준다. 내면에 공허가 자리잡으면 공허함을 채워줄 것을 찾게 되는데 주로 사람과 물질에 대한 집착과 중독으로 나타날 수 있다. 예를 들면 운동 중독, 쇼핑 중독, 도박 중독, 니코틴 중독, 알코올 중독, 마약 중독, 사랑과 인정에 대한 중독, 게임 중독, TV 중독, 인터넷 중독 등이다. 내 안의 내면 아이와 분리되지 않아야만 공허함을 채울 수 있는 '진정으로 좋아하는 것'을 찾을 수 있다고 한다. 내면 아이를 억압하고 무시하다 보면 결국 공허함을 메울 길 없어 중독과 집착의 구렁텅이에 빠지게 된다.

주변을 보면 열심히 바쁘게는 살지만 심각하고 무표정한 성인 자아로만 살아가는 사람이 대다수인 것 같다. 내가 아는 한 지인의 말을 빌자면 휴일엔 주로 소파가 나인지 내가 소파인지 구분 가지 않는 물아일체(物我一體)의 경지로 온종일 TV 리모컨을 부여잡고 늘어진 추리닝을 입고 지낸다고 한다. 그러다 갑갑한 마음이 들면 시원하게 맥주 한 캔 마시면서 공허함을 달랜다고 한다. 그 맥주 한 캔이 두 캔이 되고 세 캔이 되면서 곯아떨어져 잠이 든다고 한다.

또 다른 지인은 시간 날 때마다 홈쇼핑을 보고 이런저런 물건을 사 모으기 시작해 어느덧 자신의 집에 발 디딜 틈 없을 정도로 빼곡히 물건이 가득 찼다고 하소연하기도 한다. 안 쓰는 물건은 좀 버리라고 조언하면 언젠가 필요할 것 같아서 차마 못 버리겠다고 한다. 버리고 나면 아쉬울 것 같고 얼마 사용하지 않은 거라 아까워서라도 못 버리겠다는 거다.

또 다른 지인은 운동에 집착해 등산을 가거나 하루에 만 보 걷기를 실천한다고 한다. 지나치게 많이 걷다 보니 무릎 연골이 손상되어 걸으면 통증이 몰려오고 무릎이 시리다고 하소연한다. 걷는 시간과 걸음수를 줄여보라고 하면 당장 건강이 악화될 것처럼 손사래를 치며 운동은 멈출 수도 강도를 줄일 수도 없다고 한다. 운동만이 자신의 건강을 지켜주는 수호신이라는 거다.

내 주변만 보아도 나를 포함한 대부분이 내면 아이를 돌보지 않고 내면 아이와 악수하는 법을 잊어버린 채 공허하게 살고 있다. 내 안의 내면 아이를 인정하지 않고 무시하면서 나이에 걸맞은 행동만 하려다보니 어느덧 무덤덤하고 무감각해진 어른이 되어버렸다. 실수하지 않으려고 하면 할수록 내 안의 내면 아이는 설 자리가 없어진다. 이런 상태가 오래 지속되다보니 이젠 무엇을 해도 재미있지 않고 심지어 내가 재미를 느끼고 좋아하는 것이 무엇인지조차 모르는 상태가 되었다. 좀더 정확히 표현하자면 재미가 무엇인지조차 잊어버렸다.

아프고 나서는 나를 짓누르던 의무감과 책임감을 어느 정도는 내려놓을 수 있게 되었다. 내가 곧 죽을지도 모르는데 남겨진 시간을 내가 하고 싶은 대로 살지도 못하고 의무감과 책임감의 노예로 사는 것이 얼마나 바보 같은 짓인지 깨닫게 되었다. 아프고 나서는 예전보다 감성이 이끄는 대로 살려고 한다. 왠지 하고 싶은 것, 직감적 본능이 이끄는 길로 가보려 한다. 철저히 억압하고 무시했던 나의 내면 아이와 이젠 화해의 악수를 나누고 싶다. 나잇값 하며 사느라 내 안의 내면 아이를 돌보지 않고 방치해 불행하게 하기보다 나잇값 못한다고 욕 좀 먹더라도 타인에게 피해 가지 않는 범위 내에서라면 내가 좋아하는 일을 하며 살고 싶다. 낙엽 굴러가는 것만 봐도 깔깔거리며 즐거워하고 시답지 않은 방귀와 똥 이야기에도 배꼽 빠지게 웃으며 재밌어하던 나의 내면 아이를 만나고 싶다.

나이 오십을 넘긴 내 안에 아직도 어린아이가 산다. 그동안 성인 자아에 충실하게 사느라 돌보지 않고 내팽개친 내면 아이다. 이제 더는 내 안의 내면 아이를 무시하거나 억압하고 싶지 않다. 내면 아이와 화해하고 잃어버린 재미와 즐거움 그리고 놀이를 되찾고 싶다. 그리하여 나이들수록 더욱 재미있게 살고 싶다. 나의 내면 아이가 진정으로 좋아하는 것을 하며 살고 싶다. 사회적 시선에 얽매이지 않고 정말 좋아하는 것을 하면서 내 삶을 가치 있게 느끼며 살고 싶다. 더는 내 안의 내면 아이를 부끄러워하지도 억누르지도 않은 채 아이 같은(childlike) 어른으로 하루하루 즐겁고 유쾌하게 살고 싶다.

빗속의 드라이브

병원에 다녀오는 날은 학창 시절 성적표를 받는 기분이다. 내 목숨을 건 성적표다. 6개월에 한 번씩 암이 재발되었는지를 검사하고 그 결과를 받아보는 날이다. 병원에서 담당의사 선생님을 만나고 오는 날은 6개월분의 약을 한가득 받아오는 날이기도 하다. 처음엔 약을 장기 복용함으로써 얻는 유익함보다 부작용이 더 클까봐 염려하기도 했지만 지금은 그나마 약을 먹을 수 있다는 게 얼마나 큰 축복인지 알게 되었다.

재작년 가을쯤 병원에서 유방암 환우들을 위한 세미나를 개최했었다. 나에게도 참석하라는 초대장을 보내왔고 내 병에 대해 알아야 극복할 수 있다는 생각에 세미나에 참석했다. 그때 알았다. 약이라도 먹을 수 있다는 게 얼마나 큰 축복인지를. 어떤 환우 한 분이 자신에게는 치료 약이 없다고 병원에서 약도 주지 않아 그저 재발이 되었는지 정기 검진만 받고 있어 너무나 불안 하다고 하소연을 했다. 약이라도 먹을 수 있다면 마음의 위로 를 받고 희망이라도 가질 수 있을 것 같다고 했다. 그후부터는 약 받아오는 것에 불만하지 않는다. 약이라도 먹을 수 있어 다 행이라고 생각하게 되었다.

감사하게도 암 재발 징후가 없다는 소식을 듣고 병원을 나섰 다. 부슬부슬 내리는 비에 마음도 가라앉고 차분해졌다. 젊을 땐 유독 비를 좋아했다. 비 오는 날만의 비릿한 내음도 좋았고 거 침없이 내리는 빗줄기를 보면 후련하고 시원한 느낌이 들어 좋 았다. 번잡한 고뇌와 번민을 정화시켜주고 차분하게 만들어주 는 비가 좋았다.

나 말고 비를 좋아하던 가족은 오빠가 유일했다. 친오빠는 몇 해 전 세상을 떠났고 오빠의 장례가 치러지던 날 엄청나게 비가 쏟아졌다. 하늘에 구멍이 뚫린 것같이 내리는 비를 보며 속절없 이 젊은 나이에 세상과 이별하는 오빠의 심정이 저런 게 아닐까 하는 마음마저 들었다. 그후부터 왠지 비가 그렇게 좋지만은 않 았다.

가까운 이의 죽음은 인생의 덧없음과 허망함을 돌아보게 한 다. 오빠가 세상을 떠나고 나도 얼마 지나지 않아 암환자가 되 면서 산다는 게 뭘까? 하는 생각을 참 많이도 했다. 아무리 생각해 보아도 인생이란 "같이 밥 해 먹고 웃고 떠들고 그게 다인 것 같아요"라는 드라마 <갯마을 차차차> 속에 나오던 그 말 그대로인 것 같다. 사랑하는 사람들과 함께 모여 북적이고 맛있는 거 해 먹고 그렇게 살다 가는 게 인생 같다.

오빠가 떠난 날처럼 많은 비가 내리지는 않았지만 부슬부슬 내리는 비에 행선지가 바뀌었다. 무작정 빗속의 드라이브에 나섰다. 나는 불확실성과 애매모호함을 싫어하고 잘 견디지도 못한다. 아무리 큰 수익을 가져다 준다고 해도 불안함과 리스크를 추구하기보다 안전을 지향하는 전형적 돌다리형 인간이다. 돌다리도 두들겨봐야만 하는 답답한 유형이다. 그런 내가 싫어하는 것 중 하나가 목적지 없이 그냥 드라이브하는 거다.

운전은 필요할 때만 했다. 주로 출퇴근, 어머니 모시고 병원에 다녀올 때, 마트에 장 보러 갈 때, 가끔 여행 갈 때, 그리고 지금은 나의 정기검진일에도 운전을 한다. 필요할 때가 아닌 괜히 그러고 싶어 정처 없이 드라이브를 하는 일은 거의 없었다. 특히 비 오는 날은 사고의 위험이 커지므로 꼭 필요하지 않으면 운전하지 않았다. 그런데 아프고 나서 오히려 용감하고 대담해졌다. 갱년기에 접어든 나이탓인지 죽을 고비를 넘겨서인지 '인생 뭐 있어?' 하는 마음이 들면서 왠지 감성이 이끄는 대로 무작정 따라가는 일들이 많아졌다. 확실히 아프기 전과는 삶이 많이 변했다.

해야만 하는 일들에 집중하며 의무감으로 살아온 삶은 어딘가 딱딱하고 경직되어 숨 쉴 여유가 많지 않았다. 지금은 그런 일들에서 해방되어 그동안 홀대했던 나의 감성에 충실하게 살고 있다. 오늘도 그런 날 중 하루이다. 아무런 이유와 목적 없이 그냥 빗길을 달리는 게 좋아 무작정 드라이브를 시작했다. 차창 앞유리에 후드득 떨어지는 빗물과 빗소리, 차 창문 틈으로 들어오는 비릿한 내음 그리고 차 안에 울려 퍼지는 음악까지 모든 게 완벽했다.

얼마만이던가. 이렇게 자유롭게 도로를 달려보는 일이. 아무런 목적 없이 무작정 가고 싶은 대로 내달리는 이런 일이 낯설지만 재미있다. 마치 반항하는 십 대처럼 뒤늦게 찾아온 사춘기 암환자의 아프기 전 나를 향한 무언의 반항과 시위 같다. 가끔 이런 나의 돌발적 행동에 나조차 당황스럽다. 그러나 새로운 나를 만날수록 즐겁다. 지나간 청춘을 되돌릴 순 없지만 일상의 소소한 일탈이 주는 재미와 흥분은 무미건조한 삶에 또 다른 활력을 준다.

한참을 내달리다 언젠가 방문했던 맛있는 커피와 디저트를 파는 카페에 들렀다. 커피 한 잔을 테이크아웃해서 차로 돌아왔다. 비와 커피와 음악까지 갖추어지자 그야말로 완벽한 조합이었다. 평소 같았다면 비 오는 날은 집에서 나오지 않았을 테고 유리창 너머 내리는 비를 바라보며 커피를 마셨을 거다. 유리창 너머 보이는 비 오는 날의 풍경도 좋지만 더 이상 방관자가 아닌 참여자로, 오늘처럼 비 오는 날 풍경의 일원이 되어보는 경험도 즐겁다.

안전이라는 장벽 안에 스스로를 너무 가두고 살아온 것 같다. 비 좀 맞는다고 어떻게 되는 것도 아닌데 왜 그리 갑갑하게 살았는지 모르겠다. 우산과 우비로 아무리 가려봐야 퍼붓는 장대비엔 속수무책이다. 꽁꽁 싸맨다고 비를 덜 맞는 것도 아니다. 어차피 맞을 비라면 피하지 말고 그냥 비에 맡겨버리면 편했을 텐데 괜히 쓸데없이 애쓰고 용만 썼다. 그런다고 비를 피할 수 있는 것도 아닌데 말이다. 집에 돌아와 다시 우산을 쓰고 집 근처 공원을 산책했다. 비 맞지 않으려고 애쓰던 나를 놓아버리자 족쇄 하나가 풀린 것 같다. 옷도 젖고 신발도 젖었지만 오히려 기분만은 상쾌하다.

살다 보면 예기치 않은 일은 언제든 찾아온다. 비를 피하기 위해 안전지대에 머물기보다 내리는 비를 두려워하지 않고 담담히 받아들이면 오히려 더 편할 때도 있다. 어차피 비는 내리고 나갈 수밖에 없다면 우산 하나 손에 들고 용감하게 나가는 거다. 비가 오는데도 병원에 가야만 했던 오늘 나처럼 그런 일들은 분명 있다.

언제까지 창 너머에서 바라보는 방관자가 아니라 비에 젖기도 하고 때로는 미끄러지기도 하겠지만 피하려 하지 않고 두려

위하지 않는다면 그냥 비를 맞는 것도 나쁘진 않다. 오히려 비를 피하기 위해 나를 얽매고 구속하는 것보다 그냥 내리는 비를 맞는 자유로움이 더 홀가분하고 후련하다.

비 맞기 전 비에 젖으면 어쩌나 하는 두려움과 근심이 힘들지 오히려 비를 맞는 건 시원하고 상쾌하다. 무한대의 편안함이 몰려온다. 비 오는 날은 산책하기 좋은 날이다. 감기에 대한 걱정과 빨래에 대한 부담감만 갖지 않는다면 그리고 아주 가끔 미끄러질 수 있다는 염려를 놓아버린다면 영혼까지 자유로울 수 있다. 비 오는 날엔 나를 해방시키고 내게 무한 자유를 선사하는 '산책' 한 번 해보는 거 어떠세요?

흔들리지 않는 인생은 없다

어느새 지천명(知天命)을 훌쩍 넘겼다. 공자에 따르면 하늘의 이치를 알아야 할 나이가 지나도 한참 지났다. 살다보면 뭔가 알게 되고 깨닫게 되는 날이 올 거라 생각했다. 좀더 견고해지고 단단해지는 날이 찾아올 거라 생각했다. 연륜이 쌓이고 경험이 누적되다 보면 웬만한 일에는 초연해지고 별다른 반응 없이 넘길 수 있는 여유가 생길 줄 알았다. 그러나 여전히 데이면 아프고 물리면 아린다. 몸은 늙어가는데 마음은 좀처럼 늙지 않는다. 노화가 진행 중인 신체 나이에 걸맞게 마음도 적당히 나이들고 둔감해지면 좋겠다. 철없는 마음은 도무지 나이들 줄 모른다. 살면서 겪은 온갖 시련과 역경에 이젠 단련이 됐을 법도 한데 고난이 쓰나미처럼 밀려오면 여전히 쓰리고 아프다. 이미 겪어본 고통인데 여전히 발만 동동 구르며 어찌할 바를 모른다.

적당히 굳은살 박인 피부처럼 마음에도 적당한 굳은살이 박이면 좋겠다. 소중한 사람들과 더는 만날 수 없게 되는 그런 날이 찾아와도 '만남이 있으면 헤어짐도 있는 법'이라고 담담하게 받아들일 수 있는 그런 날이 오면 좋겠다. 창피를 당하거나 부끄러운 일이 생겨도 '이 세상에 실수하지 않는 사람이 어딨어?'라며 대수롭지 않게 넘길 수 있을 만큼 뻔뻔해지면 좋겠다. 운명이 나를 원하지 않는 방향으로 이끌어가도 '어떻게 자기 좋은 일만 하고 살 수 있어?'라고 초연하고 심드렁하게 받아들일 수 있으면 좋겠다.

나이만 들고 경험만 쌓였을 뿐 아직도 마음은 여리고 여린 속살을 지닌 새초롬한 소녀 같다. 어쩌다 보니 나이들었고 신체의 늙어감과 동일하게 마음도 나이들어 어른 노릇 하길 강요받지만 마음은 좀처럼 변하려 하지 않는다.

마음이 나이들어야 한다는 당위는 슬프다. 사람들이 나이가 들어감에 따라 걸맞은 행동양식을 보이는 것은 신체적, 정신적 노화에 의한 자연스러운 변화 때문이 아니라고 한다. 주변의 시선과 비난을 의식해 위축되어 나이에 걸맞은 행동을 하게 될 뿐이라고 한다.

얼마나 더 살아야 고난과 역경 앞에 흔들리지 않는 어른이 될 수 있을까? 아직도 쓰나미처럼 폭풍이 휩쓸고 갈 때는 내 몸 하나 챙기는 것도 벅차다. 쓰러지지 않으려고 안간힘을 쓰며 중심을 잡는 것도 버겁다. 그런 순간 주변의 아픔과 상실마저 끌어안고 공감하며 다독일 수 있는 넉넉한 마음과 여유는 언제쯤 갖게 될 수 있을까?

나이가 들면 하고 싶은 일도 적당히 줄어들고 의욕도 별로 생기지 않을 거라 생각했다. 그런데 실상 나이 오십을 넘기고 보니 마음은 젊은 시절 그대로인데 신체만 노화가 진행된 희한한 상황이 되었다. 겉으로 보기엔 노안이 찾아와 돋보기를 써야 하고 흰머리가 생긴 어르신의 모습인데 마음만큼은 풋풋한 소녀이니 부조화도 이런 부조화가 없다. 신체적 노화와 정신적 노화는 비례하지 않는다. 신체적 노화만큼 마음도 적당히 나이들어가면 좋겠다.

나이들면 삶의 문제에 대해 초연해지고 심드렁해질 줄 알았다. 적당히 굳은살이 박여 괜찮을 줄 알았다. 나이들어도 여전히 베이면 눈물이 나고 부딪히면 아프다. 마음이 단단해지고 딱딱해지는 나이가 있을까? 이리저리 세상사에 흔들리지 않을 수 있는 나이가 있기는 할까? 이제는 더 이상 부는 바람에 이리저리 흔들리며 일희일비하지 않을 수 있으면 좋겠다. 웬만한 상처나 상실감에는 끄떡하지 않을 수 있는 단단한 마음이면 좋겠다. 좌절과 시련 앞에서도 굳건할 수 있는 강인한 마음이면 좋겠다.

그런데 마음은 갑각류의 껍질 속 속살처럼 겉만 노화로 인해 단단한 어른의 모습일 뿐 속살은 아직도 말랑말랑해 이리저리 흔들리고 상처받는 여린 존재다. 풋풋한 나뭇잎보다 붉게 물든 단풍이 아름답다지만 세파에 시달리고 물들어도 마음만은 갑각류의 여린 속살처럼 그대로다. 마음도 물들고 단단해지면 좋겠다.

나이 육십이 되고 칠십이 되면 마음에 적당한 굳은살이 박여 덜 아프고 바람에 흔들리지 않을 수 있을까? 어느 나이를 살건 살아있다면 비바람에 흔들리고 토네이도에 날아가고 부서질 것이다. 어쩌면 적당한 굳은살이 박여 마음이 덜 아플 수 있는 그런 날은 영원히 오지 않을지 모른다. 어느 나이를 살건 흔들리지 않을 수 있는 나이가 있기는 할까? 어느 시기이건 꽃을 피우기 위해선 흔들릴 수밖에 없다. 흔들리지 않고 피는 꽃은 없으니까. '아직도 소녀 같다'는 핀잔을 좀 듣더라도 살아있는 한 꿈꾸고 싶다.

아직까지 아름답고 좋은 것을 보면 감탄하게 되고 하고 싶은 것이 생기면 노욕인 줄 알면서도 안간힘을 쓰며 도전하게 된다. 삶이 이어지는 한 이리저리 흔들리며 꽃을 피우기 위한 노력을 멈추고 싶진 않다. 고운 단풍처럼 아름답게 물들지 못한다 하더라도 마음이 나이들지 않는다고 비난받을지라도 마음만은 지금 그대로여도 좋겠다는 생각이다. 좀더 나이들어 거울 앞에 선 백발 소녀와 만나는 그날을 꿈꿔본다.

쉰 살의 새내기

항상 처음은 설렌다. 첫 경험, 새로운 출발은 사람을 달뜨게 한다. 무에 새로운 일이 있을까 싶은 나이 오십을 넘기고 죽을 고비도 넘겨 덤으로 사는 내게도 새로운 경험은 기분 좋은 설렘을 안겨준다.

아프면서 처음 시도하는 게 많아졌다. 요리하기, 일본어 공부, 글쓰기 등은 아프기 전에는 거의 하지 않던 것이다. 관심은 있었지만 늘 우선순위에서 밀리곤 했다. 하고 싶은 일은 해야만할 일에 치여 늘 뒷전이었다. 그러다 '나중에' 할 수 없을지도 모른다는 절박함이 생기자 미루던 일을 하게 되었다. 그러자 세상이 좀더 재밌어졌다. 새롭고도 낯선 도전은 정체되어 있던 삶에 활력을 주었다. 쉰 넘은 새내기지만 그래도 마음만은 사춘기 소녀처럼 묘하게 들뜬다. 영화 <세상에서 가장 빠른 인디언>을 보면 이런 말이 나온다. "위험이란 삶의 활력 같은 거란다. 가끔은 위험도 감수할 수 있어야 살맛이 나거든."

글쓰기는 나에겐 큰 도전이다. "요즘 세상에 SNS를 하지 않는 사람이 어디 있어?"라고 할지 모르지만 나는 SNS를 하지 않는다. 카카오톡을 제외하곤 페이스북이나 인스타그램도 하지 않는다. 블로그도 없다. 자기 개방이나 노출이 싫어서다. 사람과의 교류나 관계 맺음이 싫은 건 아니지만 사람들 속에서는 방전되고 소진되는 느낌이 들어 피곤하다. 혼자 있는 시간을 통해 에너지가 충전되고 내일을 살아갈 힘을 얻는다. 이런 내향적 성향 때문에 일을 끝내고 돌아오면 일상의 번잡한 관계 속에서 잠시나마 벗어나 가능한 한 철저히 혼자 있는 시간을 갖고 싶었다.
그런 내가 나를 드러내고 개방해야 하는 일상 에세이를 쓰다니 놀랄 일이다. 나이가 들어선지 아프고 나서인지 사는 게 별거 아니란 생각이 들면서 조금 뻔뻔해진 것도 같다. 나를 드러내는 걸 이전만큼 두려워하지 않게 됐다. 글을 쓰는 시간은 묘하게도 나를 돌아보고 치유하는 시간이 된다. 아무것도 아닌 내 경험과 사유가 내 글을 읽어주는 고마운 누군가에게 가닿고 공감으로 연결되는 짜릿함이 좋다. "인간은 사회적 동물"이라는 아리스토텔레스의 말처럼 나 역시 혼자이고 싶으면서도 한편으론 누군가와 끝없이 교감하며 공감을 나누고 싶은 소망이 있었나 보다. 내 경험에 귀기울여주고 가만가만 내 글을 들여다봐주는 고마운 독자들이 있어 오늘도 용기를 얻는다. 하지만 한편으로 두려운 것도 사실이다. 많은 말을 쏟아낸 날은 공허하고 후회가 남는다. 가급적 필요한 말이 아니면 아끼고 줄이는 것이 좋다고 생각한다. 말도 그러한데 하물며 기록으로 남는 글을 겁 없이 이렇게 막 써도 될까? 내가 쓴 글로 인해 오해받거나 상처받는 사람이 생기진 않을까? 조심스럽기도 하다.

예전에 신임교수 연수회에서 한 분이 당시 최신 유머를 말씀해 주신 게 생각난다. 손오공과 사오정이 면접을 보러 갔는데 먼저 손오공이 면접을 보게 되었다. 면접관이 손오공의 긴장을 풀어주기 위해 쉬운 질문을 던졌다. "자네 어떤 축구 선수를 좋아하나?" "전에는 안정환이었는데 지금은 박지성입니다." 그러자 이번엔 "산업혁명이 언제 어디에서 일어났는지 말해보겠나?"라고 질문했다. 손오공은 "18세기 영국입니다"라고 대답했다. 면접을 마치고 나가려는 손오공에게 "자네 혹시 UFO가 있다고 믿나?" 그러자 손오공은 "객관적 근거는 없지만 그렇게 생각합니다"라며 무사히 면접을 치르고 나왔다. 대기하던 사오정은 손오공에게 무슨 질문이 나왔는지, 답을 뭐라 했는지 물었다. 손오공은 질문과 대답을 다 가르쳐 주었고 마침내 사오정의 순서가 되었다. 그런데 면접관이 바뀌어 손오공 때와는 다른 사람들이었다. 면접관이 "자네 이름이 뭔가?"라고 묻자 사오정은 외운 대로 "전에는 안정환이었는데 지금은 박지성입니다"라고 대답했다. 면접관이 이상해서 "자네 언제 어디서 태어났나?"라고 묻자 역시 외운 대로 "18세기 영국입니다"라고 대답했다. 면접관이 어이가 없어 "자네 미쳤나?" 했더니 "객관적 근거는 없지만 그렇게 생각합니다"라고 대답했다는 이야기가 생각난다.

무조건 남만 따라하다 보면 이런 일이 생길 수 있다. 아프기 전에 내 삶도 이와 별반 다르지 않았던 것 같다. 아프고 나서 그동안 살아왔던 익숙함을 던져버리고 위험할지도 모를, 하고 싶었던 일에 도전하며 살고 있다. 그동안 막연하게 글을 써보고 싶다, 작가가 되고 싶다는 생각은 갖고 있었지만 전혀 도전하지 못했다. 이제 고작 글 몇 개 올린 게 전부지만 글을 쓰는 이 순간은 치유의 시간이기도 하고 나를 돌아보고 성찰하는 시간이기도 하다. 무작정 남들이 가는 방향으로 따라가기보다 내면의 소리에 귀기울이며 남들과는 다른 방향이더라도 가슴이 뛰는 대로 가보고 싶다. 타인의 기대와 기준에 맞춰 살지 말고 가장 나답게 살아보고 싶다. 아직은 시행착오와 좌충우돌로 점철된 글쓰기지만 그래도 좋다. 내 글을 읽어주는 단 한 명의 독자만 있어도 행복하다. 도전하지 않으면 실패도 없고 실수도 없겠지만 식물인간이나 다를 바 없다. 살아있음에 감사하며 가슴이 시키는 대로 그 길을 가보는 거다. 오늘도 하고 싶던 일들에 도전하며 가슴 뛰는 하루를 살아야겠다.

5. 행복은 불행한 외투를
걸치고 다가온다

외모지상주의에 관하여: 보이지 않는 고릴라

목적지에 도착하기 위해 길을 걷다 보면 수많은 간판과 마주한다. 스쳐 지나가는 사람과도 조우한다. 그러나 신기하게도 목적지에 도착해서는 그 과정에서 만났던 무수한 간판의 이름도 모양도 기억나지 않는다. 스쳐 지나간 사람의 얼굴도 생각나지 않는다. 분명 보았으되 주의 깊게 지켜본 것이 아니기 때문에 전혀 생각나지 않는다.

우리는 자신이 관심 있고 의미 있는 것만 선택적으로 주의를 기울이고 기억한다. 하버드 대학의 심리학과에서 실시한 '보이지 않는 고릴라(Invisible gorilla)' 실험은 너무도 유명하다. 여섯 명의 학생을 두 팀으로 나누어 검은색과 흰색 티셔츠를 입힌 후 농구공을 패스하게 했다. 이 장면을 동영상으로 찍어 연구 참여자들에게 보여주면서 흰색 티셔츠를 입은 학생들이 서로에게 패스한 공이 몇 번인지 세어 보도록 했다. 그 과정에 오른쪽에서 고릴라가 등장해 중앙에서 가슴을 치다 왼쪽으로 사라진다.

이 실험에 등장한 고릴라를 보았느냐고 질문하자 연구 참여자의 50%만 고릴라를 보았다고 응답했다. 나머지 50%는 흰색 티셔츠를 입은 학생들의 패스에 집중한 나머지 고릴라를 보지 못했다고 대답했다. 자신의 관심사에만 집중하다 보면 다른 것은 놓치고 내가 보고자 하는 것만 보게 된다. 우리가 보지 못했다고 없는 것은 결코 아니다. 내가 보지 못했다고 동영상 속 고릴라가 없던 것은 아니다.

내가 어떤 한 생각에 사로잡히게 되면 다른 것은 보이지 않는다. 나의 관심사가 때론 나의 고정관념이 나를 장님으로 만들고 귀머거리로 만든다. 보고 들었으되 보이지 않고 들리지 않는다. 인간이 가지고 있는 수많은 편견과 고정관념 중 가장 뿌리 깊은 편견은 인종이나 성별에 관한 편견 그리고 외모에 대한 고정관념이다.

영화 <금발이 너무해>에서는 서구 사회에서 금발 여성에게 갖는 편견을 잘 보여준다. 예쁘고 성격 좋고 게다가 금발인 여자는 멍청할 거라는 편견에 정면으로 도전해 하버드 법대에 당당히 합격하고 변호사까지 되는 주인공 엘 우즈를 통해 사회적 통념을 신랄하게 비판한다.

외모에 대한 뿌리 깊은 편견은 어느 사회나 존재하는 것 같다. 예쁜 금발머리 여성이라서 편견에 시달리기도 하지만 반대로 예쁘지 않아서 편견에 시달리는 경우도 많다. 드라마 <여신강림>이나 <내 ID는 강남 미인> 등은 못생긴 여주인공이 화장이나 성형을 통해 왕따나 괴롭힘에서 벗어나는 이야기를 다루고 있다.

외모에 대한 편견이 얼마나 뿌리 깊은가 하면 유아들조차 '낯선 사람'은 못생기고 무섭게 보이는 사람이지 잘생기고 선한 미소를 짓는 사람은 낯선 사람이 아니라고 여긴다. 실제로 <ebs 다큐프라임>에서 방영했던 '아동범죄 미스터리 과학'에서 7세에서 12세까지의 아동을 대상으로 자신이 생각하는 낯선 사람의 얼굴을 그려보도록 했다. 아이들에게 낯선 사람이란 무서운 인상, 모자와 선글라스, 마스크를 착용한 만화나 영화 속 악당의 이미지 그대로였다. 실제 연쇄살인마나 성범죄자 같은 낯선 사람은 오히려 호감형 외모이거나 평범해 보이는 사람들이 대부분이었는데도 말이다.

시간강사였을 때 내 담당 과목에서 부정행위가 발생했다는 제보를 받았다. 보통은 자신의 담당 과목을 책임지고 시험 감독까지 하는데 그 대학은 시험 시간표를 짜서 자신이 가르치지 않는 다른 학년, 다른 과목을 시험 감독하도록 하는 시스템이었다. 그러다 보니 내가 직접 부정행위한 것을 목격하진 못했다. 그러나 내 담당 과목에서 부정행위가 있었기에 내가 처리해야만 하는 상황이었다.

부정행위를 처리하는 것보다 더 큰 문제는 부정행위를 한 학생이 평소 문제가 많았다는 제보가 끊이지 않고 이어졌다는 거다. 부정행위를 한 학생은 백설공주 같은 하얀 피부에 가냘프고 여리여리한 몸매에 누가 봐도 한눈에 반할 만큼 예쁜 학생이었다. 마치 드라마나 영화 속 주인공 같은 외모를 가지고 있어 절대로 부정 행위 따위는 하지 않을 것으로 보이는 학생이었다. 그런데 그 학생의 평소 문제적 태도에 대해 성토하는 학생들은 꾸미지 않은 수수한 외모에 이십 대라고는 보이지 않는 나이보다 성숙해 보이는 학생들이었다. 누가 보면 드라마의 예쁜 여자 주인공을 시기하고 질투해서 여러 명이 모함하고 헐뜯는 것으로 보일 만한 상황이었다.

부정행위를 한 학생은 이번 시험에서만 그런 게 아니라 평소 팀 프로젝트 과제나 발표수업 준비에 제대로 참여하지 않으면서도 열심히 참여한 학생과 마찬가지로 좋은 점수를 받아간다는 것이다. 팀 프로젝트에 참여할 것을 촉구하면 항상 아프다거나 다른 핑계를 대고 교묘하게 빠져나간다고 했다. 처음엔 그 학생의 말을 믿고 그럴 만한 일이 있나 보다 이해하려 했지만 번번이 거짓말로 판명되자 더 이상은 참기 어렵다고 했다.

한 번은 너무 속상해 팀 프로젝트를 하는 다른 과목 교수님에게 그 사실을 말했지만 그 학생이 그럴 리가 없다며 그럴 만한 이유가 있지 않겠냐며 자신들의 항의를 받아들여 주지 않았다고도 했다. 그러다 이번 일이 터지자 평소 그 학생과 팀 프로젝트나 발표 수업을 했던 학생들이 나를 찾아와 그 동안의 자신들의 억울함을 하소연하게 된 것이다. "예쁘면 모든 게 용서된다"는 말까지 있는 걸 보면 외모 지상주의와 관련된 불평등과 편견이 우리 사회에 얼마나 만연해 있는지 알 수 있다.

　우리들은 '보이는 것이 모든 것'이 되어 버린 시대에 살고 있다. 요즘은 문자와 같은 텍스트보다 시각화된 비주얼로 소통하는 시대다. 지식과 정보조차 종이책이나 전자책을 통해 습득하기보다 유튜브나 영상매체를 통해 접하는 시대다. 뿐만 아니라 시청각매체인 영상매체를 통한 파급력은 시각 매체인 책과는 비교되지 않을 만큼 엄청나다. 영상매체가 보편화되면서 보이는 것, 비주얼, 외모는 본래적 가치 이상의 가치가 매겨지면서 권력이 되고 경쟁력이 되었다. 오죽하면 취업을 위해 성형수술도 감행하고 '외모도 실력이다'라는 말까지 등장했을까 싶다.
　어찌 보면 아름다움에 대한 추구는 인간 내면의 본성이라고도 할 수 있을 것 같다. 이런 글을 쓰는 나조차 아프기 전 채소나 과일을 고를 때 시각적으로 보기 좋고 예쁜 것 위주로 골랐던 것 같다. 물론 아프고 나서는 완전히 바뀌었다. 지금은 오히려 농약을 사용하지 않아 약간 벌레 먹은 것, 잔류 농약이 적어 미끄럽지 않고 광택 나지 않는 과일이나 채소를 선택한다. 또한 아프기 전에는 나 역시 미용실을 다니며 흰머리 염색이나 헤어펌을 정기적으로 했다. 사회생활을 한다는 명분 아래 좀더 젊어 보이고 깔끔해 보이고 싶은 욕망에서 그랬던 것 같다. 아프고 나서는 아닐린계 염료가 포함된 염색약이 방광암을 유발할 수 있다는 사실을 알게 되면서 가급적 염색하지 않으려 노력하고 있다.

「탈무드」에 이런 에피소드가 등장한다. 옛날 어느 나라에 살던 왕비는 평소 지혜롭다고 소문난 랍비를 만나고 싶어 랍비를 궁으로 불렀다. 막상 랍비를 만나자 못생긴 외모에 실망해 자신도 모르게 랍비를 비웃었다. 그러자 랍비가 포도주잔을 들며 포도주를 어디에 담는지 물어보았다. 왕비는 나무통에 담는다고 했다. 랍비는 "그렇게 귀한 술을 왜 보잘것없는 나무통에 담아 보관하십니까? 귀한 금과 은으로 만든 항아리에 담아 보관하십시오"라고 말했다. 랍비의 말을 들은 왕비는 곧바로 금과 은으로 만든 항아리를 가져와 포도주를 옮겨 담았다. 그러자 포도주가 검은색으로 변하고 맛도 변해 먹을 수 없게 되었다.

다음 날 왕비는 랍비를 불러 포도주가 상할 것을 알면서 왜 포도주를 금과 은 항아리에 담도록 했는지 그 연유를 물었다. 그러자 랍비는 "술은 알맞은 그릇에 보관해야지 무조건 좋아 보이는 금과 은그릇에 보관하면 먹을 수 없게 됩니다. 매우 귀중한 것이라도 때로는 보잘것없는 나무통에 넣어두는 것이 훨씬 좋을 수 있습니다. 나무통은 볼품없게 생겼지만 포도주의 맛을 내는 데는 최고지요"라고 대답했다.

겉보다 본질이 더 중요하므로 외양만 보고 판단하는 오류를 범하지 말라는 이야기다. 즉 외모만 보고 사람을 판단하기보다 내면의 마음씨와 지혜를 보는 안목이 필요함을 역설하는 이야기다. 요즘처럼 도시화되고 개인주의가 만연한 사회에서는 예전에 비해 상대방의 내면을 들여다볼 기회가 적어진 것도 사실이다. 사람들과 교류를 하더라도 이전보다 오래가지 못하고 상대적으로 깊이도 얕아졌다. 그러다 보니 보이지 않는 내면보다는 보이는 외면을 보고 사람을 판단할 수 있다. 그러나 그럴수록 겉모양보다는 내면의 마음씨, 지혜, 재능을 보고 사람을 판단할 수 있는 안목이 더욱 필요하다.

갑자기 피었다 지는 화려한 꽃이 아니라 은은한 향내를 머금고 있어 잊히지 않는 꽃처럼 내면이 성숙하고 아름다운 사람은 그가 있는 바로 그곳에서 모두에게 아름다운 향기를 풍기며 잊히지 않는 존재가 된다. 내면의 충만한 지혜와 사랑이 흘러넘쳐 주변인들도 행복하게 만드는 감동과 울림을 주는 존재가 된다. 겉으로 보이는 외모가 아름다운 사람이 아니라 고운 마음씨가 흘러넘쳐 보면 볼수록 끌리고 다가가고 싶은 그런 사람을 만나고 싶다.

인생은 참 계획대로 되지 않는다. 아프고 나서 첫 여행지로 방문하게 된 곳이 경주가 될 줄은 몰랐다. 경주에 안 좋은 기억이 있는 건 아니다. 다만 예전에 경주를 처음 방문했을 때 좋다거나 아름답다고 느끼지 못했다. 그도 그럴 것이 한여름에 방문하다 보니 뙤약볕 아래에서 역사 유적을 돌아보는 코스는 그리 매력적이지 못했다. 유적지를 관광한 것보다는 차라리 감포에서 생선회를 먹었던 게 더 기억에 남았다. 그렇게 경주에 대한 기억은 잊혔다. 그리고 두 번째로 경주를 방문하게 되었다. 여든이 넘으신 노모가 경주에 가보고 싶다고 하셔서다. 어머니가 아니었다면 경주에 다시 방문하진 않았을 거다.

책을 읽을 때도 감동을 준 책은 두고두고 읽게 된다. 그러나 처음에 별다른 감흥을 주지 못한 책은 잊히고 다시 읽게 되진 않는다. 여행지도 마찬가지다. 처음 방문할 때 좋았던 여행지는 언젠가 다시 방문하려 하고 실제로 여러 번 방문하기도 한다. 경주에 대한 첫 기억은 다시 방문할 만큼은 아니었다. 이런 경주와 나의 첫 만남은 1999년 여름으로 거슬러 올라간다. 그때 처음 경주를 방문했다. 그리고 두 번째 만남은 2019년 가을이었다.

　동일한 장소인 경주를 방문했는데도 첫 방문과 두 번째 방문은 너무도 달랐다. 1999년과 2019년이라는 시간 차가 존재하고 방문한 계절도 여름과 가을로 달랐다. 물론 그동안 나도 달라졌고 나를 둘러싼 환경도 달라졌고 동행인도 달랐다. 그래서였을까? 첫 방문 당시 보이지 않던 경주가 다시 보이기 시작했다.
　돌아보면 경주와 처음 만났던 이십 년 전 나는 청년으로서 꿈도 크고 원대한 포부를 가지고 있었다. 앞만 보고 전력 질주하며 부단히 나아가던 시기였다. 자연의 품보다는 도시 문명이 좋았고 한가로움과 고즈넉함보다는 부산함과 분주함이 더 매력적으로 다가왔다. 경주에서 느꼈던 예스러움과 한가로움이 한때 부귀영화를 누렸지만 지금은 쇠락해 권력의 정점에서 물러난 애잔함과 슬픔처럼 느껴졌다. 현재를 사는 곳이 아닌 지나간 역사에 매몰된 곳으로 느껴져 발전 지향적이던 젊은 내게 경주는 그다지 매력적이지 않았다.

그러나 다시 찾은 경주는 전혀 달랐다. 젊은 시절 경주에서 쇠락한 흔적으로 여겨지던 한가로움과 고즈넉함이 외려 선물처럼 다가왔다. 시간이 머문 것 같은 옛 정취와 예스러움이 도시 문명에 지친 심신을 힐링시켜 주는 것 같았다. 인류가 만들어 놓은 거대 문명에 가리어 계절의 오고감이 잘 느껴지지 않는 도시와 달리 온전한 가을 정취가 고스란히 전달되는 경주는 너무도 매력적인 곳이었다.

천년고도 경주의 고즈넉함과 젊은이와 관광객으로 북적이는 황리단길의 활기, 신라시대 역사유적, 유네스코 세계문화유산에 등재된 양동마을, 경주 중앙시장 등 역사와 문화, 현재가 공존하는 경주는 여유로움과 활기찬 동력이 교차하는 역동적인 매력을 지닌 곳이었다. 또한 아침에 일어나 산책하던 보문호 둘레길과 슈만과 클라라에서 마셨던 커피와 슈톨렌은 쉽게 잊히지 않는다.

어머니가 아니었다면 경주와의 두 번째 만남은 없을 뻔했다. 어머니 덕분에 경주에 대한 그릇된 인상을 바로잡을 수 있었다. 어쩌면 살면서 이런 실수를 수도 없이 반복했을지 모르겠다.

다른 관점에서 바라보았다면 첫 느낌이나 인상과 달리 보였을 수도 있고 이해될 수도 있는 일들이 있었을 거다. 여행지도 그러한데 그동안 겪었던 여러 가지 일이나 사람과의 관계, 선택해 읽은 책, 영화, 음식 등에서도 좁은 관점에서 바라보고 편협한 결론에 도달한 것이 얼마나 많았겠는가! 진면목을 못 보고 놓쳐버린 실수를 얼마나 많이 했을까 반성하게 된다.

한 생각에 얽매이고 편협한 관점에 집착하는 것이 얼마나 위험한지 잘 보여주는 실험이 있다. 과학자들이 꿀벌과 파리 여러 마리를 각각 뚜껑 없는 유리병에 넣은 후 병 바닥이 창문을 향하도록 눕혀 두었다. 얼마 후 유리병을 살펴보니 파리들은 모두 사라지고 없는데 꿀벌은 모두 죽어 있었다. 꿀벌은 빛을 좋아해 밝은 곳에 출구가 있을 거라는 고정관념을 갖고 병 바닥으로 탈출을 시도하다 기력을 소진해 모두 목숨을 잃었다. 반면 파리들은 빛에 대한 고정관념이 없기 때문에 이리저리 자유롭게 탈출을 시도하다 열린 병 입구로 무사히 탈출할 수 있었다.

'꿀벌과 파리 실험'은 고정관념이나 편견이 얼마나 극단적 위기를 초래할 수 있는지 잘 보여준다. 편협한 자신의 시각에 갇혀 입체적으로 조망하지 못하면 죽음까지 초래할 수 있음을 똑똑히 보여주고 있다.

어떤 것을 결정하고 판단할 때 편협하게 한 방향에서만 바라보고 마치 그것이 정답이라고 생각하는 방식은 지극히 위험하다. 하나의 정답을 정하지 않고 열린 마음으로 가능한 다양한 답을 제시하는 확산적 사고야말로 새로운 세계로 나아가는 지름길이다. 파리가 빛에 대한 고정관념이 있었다면 꿀벌처럼 죽었을 것이다. 다행히 파리는 빛에 대한 선입견이 없었기에 열린 마음으로 이리저리 자유롭게 탈출을 시도하다 무사히 새로운 세계로 날아갈 수 있었다.

나도 모르게 형성된 편견이나 선입견, 고정관념, 때로는 첫인상이 새로운 세계로 향하는 발걸음을 가로막는 방해물일지도 모른다. 나의 편협된 시각과 편견이 자유로운 사고를 방해하고 인생의 새로운 기회와 가능성을 차단하고 있는 것은 아닐지 생각해 볼 일이다.

나 역시 경주에서 처음 받은 인상에 매몰되어 경주를 다시 만나지 않았다면 경주가 얼마나 매력적이고 아름다운 도시인지 모른 채 평생을 살 뻔했다. 혹시 살면서 별다른 감동이나 감흥이 느껴지지 않아 눈여겨보지 않았던 무언가가 있다면 선입견과 편견을 버리고 다시 만나보는 것은 어떨까? 그것이 사람일지라도 물건이라도 영화라도 책이라도 여행지라도 좋다. 그때는 보지 못했지만 새롭게 만난 두 번째 만남에서 그것이 지닌 진면목을 발견할 수 있을지도 모른다. 좀더 새롭고 넓은 세계로 한 발자국 내딛는 계기가 될 수도 있다. 좁은 시야에서 벗어나 확장되고 다채로운 세상을 만나고 소통할 수 있는 기회의 문이 열릴지도 모른다.

만족에 관하여: 파랑새 증후군

이십 대 시절 나는 꿈을 좇으며 살고 있었고 내 처지에 만족하지 못했다. 타인과 비교하며 늘 내가 가지지 못한 것들만 바라보며 안타까워했다. 내게 없는 것들만 바라보며 '왜 나에겐 이것도 없을까?' '왜 저것도 없지?' '왜 나만 이런 거야?'와 같은 생각을 하며 시간을 보내고 있었다. 이런 내가 보기 딱했는지 한 지인이 들려준 이야기다.

옛날 어느 나라에 굉장한 부자가 살고 있었다. 그 부자는 원하는 모든 것을 다 갖고 있으면서도 자신이 갖지 못한 어떤 것이 있으리라는 생각 때문에 늘 불만 속에 살았다. 그러던 어느 날 그 마을의 덕망 높은 귀족 한 사람이 생전 보지도 못한 다이

아몬드를 가지고 돌아왔다는 소문을 들었다. 부자는 당장 그 길로 달려가 그 귀족을 만났다. 반짝반짝 빛나는 다이아몬드는 세상에서 가장 귀한 물건처럼 보였다. 부자는 집에 돌아와 다이아몬드만을 생각하다가 큰 결단을 내렸다. 모든 재산을 부인에게 맡기고 자신은 다이아몬드를 찾아 떠나기로 한 것이다. 부자는 고생 끝에 어느 대륙에 도착했지만 다이아몬드는 발견하지 못한 채 그곳에서 죽음을 맞이하고 말았다. 그의 유해는 자신의 소유로 되어 있는 농장 한가운데 묻히게 되었다. 그런데 바로 그 순간 부자의 유해를 묻기 위해 땅을 파는데 무언가 반짝이는 흙덩이가 보였다. 그 흙덩이 속에서 죽은 부자가 그토록 찾아 헤매던 다이아몬드가 나왔다.

부자가 그토록 찾아 헤매던 다이아몬드는 자신이 소유한 농장에 파묻혀 있었는데 그것을 모른 채 집을 떠나 헛고생만 하다가 결국엔 죽음을 맞이했다는 비극적 이야기다. 「파랑새」라는 동화에도 이와 비슷한 이야기가 등장한다. 틸틸과 미틸 남매는 파랑새를 찾아 험난한 모험의 여정을 떠나는 꿈을 꾸다 문득 깨어 보니 파랑새는 자기 집에 있더라는 이야기다. 바로 자신들이 기르던 비둘기가 그토록 찾아 헤매던 파랑새였다는 것이다.

행복이란 멀리 있는 것이 아니라 바로 내 삶 속에 있고 가까이 있다는 말이다. 심리학에서는 이러한 현상을 '파랑새 증후군(Bluebird syndrome)'이라고 한다. 현재의 일에는 흥미를 느끼지 못하면서 미래의 막연한 행복만을 추구하는 병적 증상을 일컫는다.

    사람이 정말 이상한 게 자신이 가진 것들은 별로 귀하거나 값져 보이지 않는다. 나에겐 없고 타인에게 있는 것은 반짝반짝 빛나 보이고 부럽기도 하다. 나만 해도 가진 것이라고 해봐야 지금까지 공부하고 싶은 만큼 공부할 수 있었기에 그로 인해 얻은 잡다한 지식과 병든 몸뚱이뿐이다. 돌아보면 정말 감사한 일이지만 누구라도 시간을 그만큼 투자했다면 가능한 일이기에 특별하게 생각하지 않는다. 그런데 어떤 사람은 내가 가진 학벌과 지식을 부러워하기도 한다. 나는 그것을 부러워하는 그 사람이 더 부럽다.

    나란 인간은 당최 자본주의 사회와는 맞지 않는다. 물질만능의 자본주의 세상에 살고 있으면서 하려는 일은 모두 돈벌이가 되지 않는 일뿐이다. 그렇다고 내가 벌지 않아도 먹고 살 수 있을 만큼 여유 있는 것도 아니다. 생계형 인간이면서도 내가 하고자 하는 일들은 모두 돈 되지 않는 일뿐이다. 나이도 먹을 만큼 먹고 세상을 알 만큼 살았으면서도 비현실적이다. 대학에서 학생들이나 가르치며 별로 돈 되지 않는 일에 대부분의 시간을 썼다. 그랬다면 이제라도 뭔가 돈 되는 일을 해야 하는데도 하고 싶은 일이 돈 안 되는 출간 작가가 되는 것이다. 그야말로 구제불능인 셈이다.

그런데 돈은 벌었으나 자신이 하고 싶은 공부를 하지 못한 지인은 그런 내가 부럽다는 것이다. 바꿀 수만 있으면 바꾸자고 했더니 상대방도 그러자고 해서 서로 한참 웃었던 적이 있다. 이처럼 서로 자신이 가진 것에 대해선 만족하지 못하고 상대의 삶을 부러워하고 동경하기도 한다.

내가 가진 것이 아무것도 없는 것처럼 보일지라도 찬찬히 보면 보일 것이다. 젊음이나 패기, 명민함, 민첩함, 공감능력, 분석력, 지구력, 인내심, 사교성, 부지런함, 느긋함, 둔감력, 예민함, 친절함 그 모든 것들은 무형의 자산이다. 내 안에 있는 값진 다이아몬드 원석을 발굴해 윤기 나는 보석으로 만드는 것은 나에게 달려 있다. 나에게 없는 것처럼 느껴져 먼 곳에서만 찾아 헤매지 말고 지금 당장 내 안에 있는 원석을 발굴해보자. 그게 무엇이든 아름답고 반짝이는 보석으로 만들 책임은 전적으로 내게 달려 있다.

행복에 관하여: 베버의 법칙

언제부턴가 사람들 사이에 행복은 가장 큰 화두가 되었다. 나역시 행복하고 싶다는 생각을 한다. 그리고 나 자신에게 '지금 행복하니?' 하고 되묻기도 한다. 지인들에게도 문자 메시지나 메일을 보낼 때 항상 습관처럼 행복하라는 인사말을 덧붙이기도 한다. 행복은 눈으로 볼 수도 없고 손으로 만질 수도 없다. 실체는 없지만 분명 느낄 수는 있다.

그렇다면 실체도 없는 행복을 사람들은 어느 순간 느낄 수 있을까? 독일의 생물학자인 에른스트 하인리히 베버가 발견한 '베버의 법칙(Weber's law)'을 살펴보면 알 수 있다. 베버의 법칙이란 처음 가해진 자극보다 더 큰 자극을 외부로부터 받아야 자극의 변화를 감지할 수 있다는 것이다. 같은 빵을 먹는다고 해도 하루 종일 굶은 사람이 먹는 빵과 종일 배불리 먹은 사람이 빵을 먹는 경우 빵이 주는 행복감은 다를 것이다. 가진 것이 많을수록 느끼는 행복은 도리어 작아질 수 있다. 행복을 체감하기 위해서는 외려 가난하거나 빈곤한 편이 더 유리할 수 있다.

옛날에 어떤 왕이 전쟁터에 나가 패배하는 바람에 산골짜기에 숨어 지낼 수밖에 없었다. 먹을 것은 고사하고 물 한 모금도 마실 수 없었다. 한 노인이 산에 나무하러 왔다가 굶주림에 지쳐 있는 왕을 발견했다. 불쌍하고 가여워서 자신이 먹으려고 가져온 주먹밥을 왕에게 건넸다. 왕은 게걸스럽게 주먹밥을 먹어치웠다. 그후 왕이 궁궐로 돌아와 자신이 맛있게 먹은 주먹밥이 생각나 최고의 실력을 갖춘 궁중 요리사를 불러 주먹밥을 만들도록 했다. 요리사가 심혈을 기울여 만들어도 자신이 예전에 먹은 주먹밥처럼 맛있지 않았다. 왕은 세상에서 가장 맛있었던 주먹밥을 먹고 싶어 자신에게 주먹밥을 건네준 노인을 수소문했다. 그 노인을 찾아 그토록 고대하던 노인이 만든 주먹밥을 맛보았지만 예전의 그 맛은 아니었다. 왕이 실망하면서 왜 예전의 그 맛이 아닌지 노인에게 물어보았다. 노인은 "배가 고플 땐 무엇이든 맛있는 법이지만 배가 부르면 아무리 맛있는 산해진미도 맛이 없는 법입죠"라고 대답했다. 왕이 그토록 주먹밥을 맛있다고 생각한 연유는 바로 배고픔 때문이었다.

만족스럽지 못하거나 나쁜 상황일 때는 외려 사소한 일에서조차 행복을 느끼지만 상황이 좋아지면 웬만한 일에 대해서는 행복을 크게 느끼지 못하게 된다. 나 역시도 유방암 치료를 위해 항암치료를 견뎌내고서야 평온한 일상이 주는 행복을 알게 되었다. 혹독한 항암 치료를 하면서 토하지 않고 먹을 수 있다는 것이 행복한 일인지 알게 되었다. 눈썹이 있고 머리카락이 있다는 것이 얼마나 큰 축복인지도 알게 되었다. 항암치료를 거치지 않았다면 몰랐을 행복이다.

미국의 경영 심리학자인 슈와르츠는 "행복은 불행한 외투를 걸치고 우리 삶에 들어온다"고 한다. 그는 두 마리의 작은 새를 예로 들며 자신의 주장을 설명한다. 두 마리의 작은 새가 하늘을 날다가 한 마리가 날개를 다쳤다. 다친 새는 어쩔 수 없이 그 자리에 머물며 상처를 치료할 수밖에 없었다. 다른 한 마리는 혼자 날아다니면서 다친 새가 불쌍하고 불행하다고 생각했다. 그런데 머지않은 곳에서 지키고 있던 사냥꾼이 혼자 날던 새를 쏘아 그 새는 죽고 말았다. 결국 자신이 행복하고 운이 좋다고 생각한 새는 비참하게 죽었고 날개를 다쳐 불행하다고 생각한 새는 상처를 치료한 후 날아다닐 수 있게 되었다.

이 이야기를 통해 슈와르츠는 "모든 나쁜 일은 그것을 나쁘다고 생각할 때만 정말로 나쁜 일이 된다"라고 설명한다. 불행하다고 생각한 사건을 맞닥뜨려도 그 이면에는 행운이 숨겨져 있을 수 있음을 설파한다. 날개를 다쳐 치료하느라 은둔할 수밖에 없었던 새는 그 덕에 목숨을 구할 수 있었다. 치료가 끝난 이후에는 자신이 원하는 대로 훨훨 날아다닐 수 있었다. 반면 날개를 다치지 않고 날 수 있어 행복하다고 생각한 새는 날아다녔기 때문에 사냥꾼의 눈에 띄어 결국 죽고 말았다.

행복한 일이 곧 불행이 될 수도 있고 불행하다고 생각한 일이 행복이 될 수도 있다. 행복과 불행은 어떤 시각에서 바라보느냐에 따라 달라질 뿐이다. 날개를 다친 작은 새처럼 오늘 불행하다고 느끼는 것이 더 큰 축복과 행복으로 이어지는 지름길이 될 수도 있다.

불안에 관하여: 램프 증후군과 블랭킷 증후군

지금까지는 암과 비교적 잘 지내고 있지만 암이라는 것은 오년이 경과해 완치 판정을 받는다고 해도 완전히 암으로부터 자유로워졌다고 보기는 어렵다. 암환자라는 말은 암이 발병하기 쉬운 신체 조건을 가지고 있기 때문에 언제든 예전과 같은 환경이나 상황이 되면 재발할 수 있다는 소리다.

아프고 나서부터는 피곤하거나 몸 상태가 좋지 않으면 암이 재발하는 것은 아닌지 늘 불안하다. 예전에 없던 건강 염려증이 스멀스멀 고개를 들고 올라온다. 이렇듯 일어나지도 않은 일을 미리 걱정하는 것을 '램프 증후군(Lamp syndrome)'이라고 한다. 마치 알라딘이 램프의 요정 지니를 수시로 불러내듯 실제로 일어나지도 않은 일에 대해 수시로 떠올리며 걱정하는 것을 의미

한다. 이를 과잉 근심이라고도 부른다.

대부분의 불안은 몸은 현재에 있는데 생각은 미래에 있을 때 발생한다. 몸과 생각이 머문 시간대의 부조화에 기인한다. 몸도 마음도 현재라는 시간대에 오롯이 집중하게 되면 불안이 생기지 않는다. 나 역시도 아프기 전에는 생각이 참 많았다. 대부분의 생각들은 현재보다는 미래에 집중되어 있었다. '미래에 무엇을 하고 미래에 어디로 여행을 가고……' 하는 따위의 잡다한 계획들이 대부분이었다. 미래의 일을 계획하고 구상하는 것이 생각의 대부분이었지만 일부는 일어나지 않을지도 모를 근심과 걱정도 포함되었다. 심리학자들은 사람들이 하는 걱정은 해결할 수도 없는 쓸데없는 걱정이 대부분이라고 한다. 과잉 근심 때문에 불안한 사람도 많다는 것이다.

불안을 일으키는 원인은 상당히 다양하다. 오지도 않은 미래에 대한 걱정과 염려로 인해 불안하기도 하지만 집착하는 애착 물건이 곁에 없을 때 일어나기도 한다. 심리학에서는 담요와 같이 애착하는 물건이 옆에 없어 안절부절못하는 현상을 '블랭킷 증후군(Blanket syndrome)'이라고 한다.

유아들의 경우 자신이 어릴 적부터 사용하던 담요나 베개처럼 애착을 느끼는 물건이 곁에 없으면 불안해하고 안절부절못할 수 있다. 어린이집에서의 낮잠 시간 동안 애착하는 베개나

이불이 없으면 불안해 잠도 못 자고 울며 보채는 유아들도 상당수 있다. 어른의 경우에도 스마트폰을 깜박하고 집에 두고 외출한 경우 종일 불안해서 안절부절못하는 사람들이 의외로 많다. 최근에는 기억해야 할 중요 사항을 직접 기억하기보다 스마트폰에 메모해 두거나 신분증 확인이나 결제 등도 스마트폰으로 이루어지는 경우가 많다 보니 더욱 스마트폰에 집착하는 사례가 늘고 있다.

나는 카카오톡을 제외하고는 SNS도 하지 않기 때문에 스마트폰에 그다지 집착하는 편은 아니다. 그럼에도 스마트폰에는 여러 기능이 장착되어 다용도로 사용하기 때문에 매 활동마다 스마트폰이 필요한 경우가 많다. 산책을 갈 때에도 만보기 기능이 있는 데다 음악도 들을 수 있어 스마트폰이 필요하다. 산책하다 예쁘고 아름다운 경치를 보게 되었을 때도 사진을 찍을 수 있어 그 또한 좋다. 메모 기능도 있다 보니 도서관에 책을 빌리러 갈 때도 스마트폰에 대출하고 싶은 책 목록을 빼곡히 적어 놓는다. 한 번은 깜빡하고 스마트폰을 집에 놓고 가는 바람에 다시 와서 가져간 적도 있다.

뿐만 아니라 병원에 갈 때도 캘린더에 방문 시간과 방문할 곳을 메모해 놓는다. 병원 몇 층 어디에서 그리고 몇 시에 검사를 받는지 진료는 언제 어디에서 하는지 모든 기록이 다 적혀 있기 때문에 스마트폰이 필요하다. 게다가 최근엔 코로나19 여파로 병원 출입증을 스마트폰으로 전송해준다. 스마트폰을 가져가지 않으면 이래저래 병원 출입이 번거롭고 까다로워진다. 그러다 보니 이젠 나 역시 스마트폰 없이 외출한 날은 가끔 불안하기도 하다.

과도한 생존 경쟁에 내몰리고 언제 어떻게 변할지 모르는 가변적 상황이 더해져 내일도 안전하리란 보장이 없는 현대인들은 만성 불안에 시달리고 있다. 나의 잘못이 아닌데도 자연재난으로 인해 손실이 발생할 수도 있고 이웃 나라의 전쟁이 물가상승의 주범으로 작용할 수도 있다. 세계화, 국제화로 인해 지구촌이 된 지도 이미 오래다. 우리나라의 여건이나 상황은 두말할 것도 없고 다른 나라의 상황이 밀접한 영향을 끼치게 되어 피해와 손실을 경험하기도 한다. 잘 다니던 직장이 외부 충격으로 하루아침에 문을 닫기도 한다.

암에 걸려 일 년밖에 못 산다고 시한부 판정을 받은 친구를 위로하러 갔다 돌아오는 길에 교통사고를 당해 내가 먼저 세상을 하직할 수도 있다. 모든 것이 불투명하고 불분명하다. 매슬로우(Maslow)가 말한 '욕구 단계설' 중 일 단계인 생리적 욕구를 제외하면 인간 생존에 있어 가장 필수적이고 기본적 욕구라고 할 수 있는 안전의 욕구가 제대로 충족되지 못하는 상황인 셈이다.

불안할 수밖에 없는 원인과 이유를 찾자면 끝도 없을지 모른다. 그러나 중요한 건 내 마음의 안식과 평화를 위해 과도한 불안은 떨쳐내는 지혜가 필요하다는 것이다. 불안을 떨쳐낼 수 있는 가장 손쉬운 방법은 가급적 생각하지 않는 것이라고 한다. 아이러니하게도 자신에 대해 생각을 덜하면 할수록 우리는 불안에서 벗어나 더 행복해질 수 있다고 한다. 유일하게 실재하는 순간인 바로 '지금'에 집중하자. 오롯이 '지금', '여기'를 살자. 그러다 보면 불안도 점차 줄어들 것이다.

변화에 관하여: 시간의 간극

어릴 적 엄마 따라 시장에 가면 이따금씩 바나나 한 개를 사주곤 하셨다. 당시 바나나는 너무나 귀해 쉽게 먹을 수 없는 것이었다. 어쩌다 바나나 한 개를 먹게 된 날은 세상을 다 가진 듯 신나고 행복했다. 요즘은 마트에서 언제라도 바나나를 살 수 있지만 그때만큼 바나나가 맛있지 않다. 잘 사게 되지도 않는다. 바나나 한 개만으로도 세상을 다 가진 듯한 행복감을 이제 더는 느낄 수 없다. 바나나 하나로 만족하기엔 더 큰 세상이 있음을 알아버린 탓일까? 더 이상 귀하거나 희귀하지 않게 된 바나나 때문일까? 바나나 하나로도 온종일 즐겁고 행복할 수 있었던 그때가 그립다.

"어떻게 사랑이 변하니?"라는 영화 <봄날은 간다>의 명대사도 있지만 변하는 건 사랑만이 아니다. 그토록 치열하고 절절했던 사랑도 변하는데 세상에 변하지 않는 것이 무에 있을까 싶다. 변화는 존재의 숙명이다. 어릴 적 소중하고 귀하게 여겨지던 바나나도 시대가 변함에 따라 희소성이 사라져 언제든 구할 수 있게 되고 누구든 쉽게 접근 가능한 것이 되자 더 이상 귀하지 않게 되었다. 뿐만 아니라 개인이 성장함에 따라 가치 기준이 변하면서 어릴 적엔 너무나 소중했는데 성장한 후에는 아무런 가치가 없는 것으로 변모하기도 하고 오히려 혐오의 대상이 되기도 한다.

어릴 적 바나나만큼이나 좋아했던 것이 종합 선물세트였다. 종합 선물세트는 여러 가지 종류의 과자를 큰 상자에 담아 포장한 선물용 꾸러미였는데 당시에는 크리스마스나 어린이날, 설, 추석 등 특별한 날에만 먹을 수 있는 귀한 것이었다. 그땐 종합 선물세트를 선물로 받고 싶어 크리스마스나 어린이날을 손꼽아 기다렸다. 어머니가 종합 선물세트 과자를 사주시면 너무 좋아서 일주일 내내 신나고 즐거웠던 기억이 난다.

지금의 내가 과자 종합 선물세트를 받는다면 과연 기쁘고 행복할까? 지금의 나는 더 이상 과자를 좋아하지 않는다. 어릴 적 내가 성장해서 지금의 내가 되었는데도 그때의 나와 지금의 나는 다르다. 어린 시절의 나와 지금의 나는 시간의 간극만큼이나 이질적 존재가 되어 버렸다. 서서히 변했기 때문에 변화를 깨닫지 못한 채 죽어간 개구리처럼 유년의 나는 사라졌다.

뜨거운 물에 개구리를 집어넣으면 뜨거움을 느끼고 바로 뛰쳐나오지만 따뜻한 물에 넣으면 그 따뜻함을 즐기다 빠져나오지 못한다. 자신도 모르는 사이 죽어버리는 것이다. 그렇게 서서히 유년 시절의 나는 증발해버리고 그때와는 전혀 다른 지금의 내가 된 것 같다. 그래서일까? 지금의 나는 먹고 나서 뒷맛이 개운하지 않은 과자보다는 천연의 자연식품이 더 좋다. 게다가 아프고 나서는 식품첨가물의 온상이자 트랜스지방의 보고라고 할 수 있는 과자가 두렵기까지 하다. 오히려 소중한 사람들이 과자를 먹고 건강을 해치게 될까봐 몰래 버리기까지 한다.

어릴 적 과자 한 봉은 하루 종일 설렘과 기쁨을 주던 최고의 선물이었는데 지금의 과자 한 봉은 근심과 두려움의 대상이 되었다. 그토록 소중했던 과자가 시간이 흐르고 상황이 변하자 기피 대상이 되어 버렸다.

소중하게 생각한 것이 무엇이건 언제든 변할 수 있다. 상황이 달라지면, 시간이 흐르면, 가치관이 변하면 소중하게 생각했던 것이 쓸모없는 것이 되기도 하고 소중함을 몰랐던 것이 귀한 것으로 바뀌기도 한다. 한때 내가 그토록 갖고 싶고 바라던 것이 지금의 내겐 쓸모없는 것이 되어버린 것처럼 지금 내가 소중하게 여기고 집착하고 있는 그 무엇도 언젠가 시간이 흐르면 필요하지 않은 것으로 변할지 모르겠다.

새벽에 관하여: 새벽 예찬

　새벽은 참 묘하다. 동트기 전의 설렘 같은 신비함이 있다. 그리 밝은 것도 아니고 해진 뒤 찾아드는 어둠도 아닌 어슴푸레함이 신묘한 분위기를 자아낸다. 새벽에 일어나 하루를 시작하는 사람은 부지런하고 열심히 사는 사람처럼 느껴진다. '아침형 인간'도 부족해 '새벽형 인간'이라는 말까지 생겨날 정도로 새벽은 부지런함과 성실함의 대명사로 여겨진다. 누구보다 일찍 일어나 하루를 여는 기분은 상쾌하다. 대부분의 사람들이 잠들어 있는 시간이라 그런지 새벽은 소음으로부터의 방해가 가장 적은 시간이기도 하다. 오롯이 나와 대면하고 나에게 집중할 수 있는 시간이다.

새벽은 한밤중과 연결된 시간임에도 한밤중과는 다르게 느껴진다. 심야 시간도 한밤중에서 연장되어 새벽까지를 이르지만 심야와 새벽은 다른 느낌이다. 국어사전에 의하면 심야는 깊은 밤, 한밤중인 반면 새벽은 날이 밝을 무렵이다.

일본 만화 「심야식당」은 심야 시간에 문을 여는 한 식당을 배경으로 음식과 관련된 사연과 추억이 있는 손님들의 이야기를 담고 있다. 만화책을 잘 보지 않던 나도 「심야식당」만큼은 재미있게 보았다. 만화뿐 아니라 드라마와 영화로도 방영되었는데 모두 보았다. 받은 느낌은 약간씩 달랐지만 만화가 원작이라 크게 다르진 않았다.

「심야식당」에 등장하는 손님들은 대부분 밤에 일하는 사람들로 일을 마치고 피곤한 몸을 이끌고 '심야식당'에 찾아온다. 이들은 고단한 하루 일과를 끝내며 원기를 충전하고 좋아하는 음식을 통해 위로받기 위해 심야식당을 방문한다.

심야식당은 새로운 시작이기보다 하루의 끝을 편안하게 마무리할 수 있는 위로와 휴식을 제공하는 곳이다. 심야 시간은 그동안의 일을 마무리하고 소진된 체력을 보완하기 위한 휴식의 시간이다. 그동안의 힘겨움을 내려놓고 위로받는 시간이다. 지치고 고단한 나를 뉘며 가만가만 보듬어주는 시간이다. "오늘 하루도 수고했어." 나를 향한 응원의 시간이다.

이처럼 심야시간은 하루를 마감하는 뉘앙스가 강한 반면 새벽은 하루를 시작하는 어감이 강하다. 새벽은 곧 해가 뜨고 밝아올 거라는 희망이 있다. 아직은 뭔가 어슴푸레한 불확실성을 내포하지만 곧 환한 햇살을 마주할 수 있을 거라는 새로운 희망이 공존하는 시간이다. 동트기 전 새벽은 아직 어둡지만 꿈을 꿀 수 있는 시간이다. 곧 어둠의 터널을 헤치고 나가 밝은 태양을 바라볼 수 있다는 기분 좋은 기다림과 설렘이 공존하는 시간이다.

서양 속담에 "일찍 일어나는 새가 벌레를 잡는다(The early bird catches the worm)"는 말이 있다. 한때 유행했던 '아침형 인간'으로 살 것을 권유하는 자기 계발서에 단골로 등장하던 멘트다. 생체리듬이나 생활패턴이 '아침형 인간'과 정반대인 사람들은 오히려 "일찍 일어나는 벌레는 잡아먹힐 뿐이고 일찍 일어나는 새는 피곤하기만 하다"면서 정면으로 반박하기도 한다.

나 역시 새벽에 일어나야 성공적 삶을 살 수 있다고 믿진 않는다. 자신의 생체 리듬에 맞게 '새벽형 인간'이건 '올빼미형 인간'이건 선택하면 될 것 같다. 나 같은 경우 매일 새벽에 일어나는 건 아니지만 아프고 나서 깊이 잠드는 시간이 줄었다. 그러다 보니 자연스레 새벽에 깨어나기도 한다. 그럴 때 하늘을 보기도 하고 랩톱을 열어 생각나는 것들을 기록하기도 한다. 조용한 정적이 흐르는 새벽에 이런저런 아이디어와 생각을 써 내려가다 보면 다른 시간대보다 집중력이 배가 되어 적은 노력으로도 많은 효율을 올릴 수 있다.

문득 고개 들어 창밖을 보면 창밖으로 펼쳐지는 어슴푸레한 새벽 공기가 참 좋다. 너무나 고즈넉해 내면의 나와 오롯이 마주할 수 있는 그 시간이 축복으로 느껴진다. 대부분의 사람이 잠들어 있는 시간, 홀로 깨어 하루를 시작하는 상쾌함이 좋다. 산책도 하고 아침 준비도 하고 책도 읽고 글도 쓰다 보면 어슴푸레함이 걷히고 밝고 환한 해를 마주할 수 있어 그 또한 행복하다.

　자발적으로 새벽에 일어나 새벽을 향유하고 새벽과 조우하는 나는 새벽이 주는 선물과도 같은 마법이 좋다. 어슴푸레한 긴 어둠이 유장하여 밝음이 찾아오리라는 기대를 할 수 없을 때 서서히 여명이 비추며 환한 햇살이 자태를 드러내는 그 신비함이 좋다. "지금 어떤 어려움 속에 있더라도 어둠은 걷히고 곧 밝음이 찾아올 거야"라고 속삭이는 것 같다. "괜찮아, 누구보다 잘 살아왔잖아. 너의 삶에도 머지않아 태양이 떠오를 거야"라고 무언의 약속을 던져주는 것 같다.

　희망을 선물하고 꿈꾸게 하는 새벽이라서 좋다. 이른 출발과 시작의 설렘을 던져주는 새벽이어서 좋다. 아무런 이유가 없어도 좋다. 새벽은 새벽 그 자체로 충분히 아름답다.

소비에 관하여: 디드로 효과

자본주의 사회가 잘 돌아가기 위해서는 생산과 소비가 적절하게 이루어져야 한다. 그러다 보니 자본주의 사회에서는 성장을 위해 소비를 부추기고 소비하길 권유받는다. 작년에 분명 새로 옷을 사고 핸드백을 샀고 립스틱도 하나쯤 장만했다. 그런데 새해가 되고 보니 유행이 바뀌었다고 하면서 낡거나 닳지 않았는데도 새로운 핫템이나 잇템을 사야 한다고 종일 광고한다. 거리를 지나가거나 TV를 보면 온통 올해 유행하는 핫템을 장착한 사람들뿐이다. 마치 나만 트렌드에 뒤떨어진 느낌을 받는다. 어느 정도의 지출로 유행에 민감하고 세련된 인상을 줄 수 있다면 얼마쯤 지출해도 좋을 것 같은 느낌을 받는다. 작년에 구입한 옷도 핸드백도 멀쩡하고 립스틱은 닳지도 않았는데 덜컥 지갑을 열고 계획에 없던 지출을 한다.

주로 사람들은 불안하거나 우울하거나 화가 났을 때 소비를 한다. 공허감이나 상실감을 채우기 위해 지갑을 연다고 한다. 어느 날 문득 우울감이 찾아왔을 때 TV를 보니 최신형 청소기로 집안 청소를 하면서 행복해하는 가족의 모습을 보았다. 정작 사고 싶은 것은 행복해 보이는 가족의 모습이나 행복한 미소 혹은 행복과 같은 추상적인 것인데 그런 행복을 파는 곳은 어디에도 없다. 그러다 보니 살 수 없는 행복이 아닌 청소기를 구입하게 된다. 그런데 문제는 청소기의 구입부터 발생한다. 정작 청소기를 구입하고 나면 최신형 청소기에 어울리는 가전제품들로 집안을 꾸미고 싶은 기분이 드는 것이다.

청소기를 바꾸기 전까지는 아무 문제 없던 냉장고나 세탁기가 교체해야 할 대상으로 보인다. 최신형 청소기에 비해 지나치게 낡고 트렌드에 뒤처져 있는 것으로 여겨진다. 십 년 정도가 가전제품의 평균 수명이라고 하는데 너무 오래 쓴 것 같은 생각이 든다. 어제까지만 해도 기능이나 성능에 아무런 문제가 없어 잘 사용하던 냉장고가 다시 보이기 시작하는 것이다. 이러한 현상을 심리학 용어로 '디드로 효과(Diderot effect)'라고 한다. 디드로 효과란 새로운 물건을 구입한 후 그에 걸맞은 물건을 끊임없이 배치하여 통일성을 추구하려는 현상이다. 더 많이 얻을수록 만족하지 못하는 심리현상으로 끝없는 욕심과 탐욕의 함정에 빠지게 되는 것이다.

디드로 효과라는 용어는 디드로라는 사람이 우연히 새로운 가운을 얻게 되었는데 이후 고급스러운 가운에 잘 어울리는 각종 가구를 원하기 시작한 것에서 유래했다. 이러한 디드로 효과는 우리 인간들이 벗어나기 가장 힘든 열 가지 심리 중 하나라고 한다. 생각해 보면 처음엔 그저 밥벌이나 할 수 있는 건실한 직장에 취직했으면 하는 바람을 가질 수 있다. 그런데 생각한 것보다 운좋게 더 좋은 직장에 들어갔다고 치자. 그러면 거기에 만족하지 못하고 좋은 배우자를 만나 행복한 가정을 꾸리고 싶어진다. 자신의 이상형에 가까운 배우자를 만나 결혼을 하면 그 다음에는 내 집 마련을 하고 싶어진다. 거기서 욕망이 끝나면 좋겠지만 그 다음엔 새롭게 마련한 집에 맞는 인테리어와 각종 가구를 구입하고 싶어진다.

이러한 디드로 효과에서 벗어날 수 있는 유일한 방법은 과소비를 줄이고 욕망을 억제하는 것이다. 불필요한 것을 비워내는 것이 오히려 더 행복해질 수 있다. 노자는 "적게 가지는 것은 소유지만 많이 가지는 것은 혼란이다"라고 했다.

자본주의 사회에서 무소유를 추구하며 살 수는 없겠지만 탐욕과 같은 큰 재앙을 미연에 방지하기 위해서도 버릴 수 있는 것은 버리는 지혜가 필요한 것 같다. 버려야 얻을 수 있기 때문이다. 그릇이 비어 있지 않으면 무언가를 담을 수 없는 법이다. 내게 정말 꼭 필요한 것만 담기 위해서는 불필요한 것은 소유하지 않고 과감히 버릴 줄 아는 지혜가 필요하다. 또한 소비 권하는 사회 시스템에 순응해 소비를 미덕으로 여기며 소비하며 사는 삶을 지양할 필요도 있다. 내게 필요하지 않은데 필요한 것처럼 부추기는 상술에 넘어가 지갑을 여는 것은 아닌지 항상 생각해 볼 일이다.

선택에 관하여: 뷔리당의 당나귀 효과

심리학에서는 이해득실을 따지며 주저하고 망설이면서 오랫동안 결정하지 못하는 현상을 '뷔리당의 당나귀 효과(Buridan's Ass effect)'라고 한다. 양과 질이 동일한 두 개의 건초 더미 사이에서 어느 것을 선택해야 할지 이성적이고 합리적 결정을 할 수 없어 결국 당나귀는 굶어 죽게 될지도 모른다는 이야기에서 유래되었다.

비슷한 의미로 결정장애를 겪고 있는 경우 이를 '햄릿 증후군(Hamlet syndrome)'이라고도 한다. 결정을 내리지 못하고 선택을 미루면서 과도하게 시간을 소모하는 경우이다. 나 역시 결정장애를 겪으며 오래 숙고해 보아도 쉽게 선택하기 힘든 일들을 만나기도 했다. "장고 끝에 악수 둔다"라고 오래 고민해 내린 결정은 이래도 불만족 저래도 불만족인 경우가 대부분이었다. 아마도 이해득실을 따져 보았을 때 어느 하나의 선택이 월등히 이득을 가져다 주는 것이 아니기 때문에 쉽게 결정을 내리지 못한 것 같다. 무엇을 택하든 거기서 거기의 결과로 거의 동일하기 때문에 쉽게 결정하지 못했던 것 같다.

뷔리당의 당나귀가 양과 질이 동일한 건초 더미 사이에서 그 어느 것도 선택하지 못하고 굶어 죽을지 모르는 상황에 처한 것처럼 이것도 만족스럽지 못하고 저것도 만족스럽지 못해 결정하기 어려웠던 것 같다. 혹은 그 반대로 이것을 선택해도 좋고 저것을 선택해도 좋기에 그 어떤 것도 선택하기 힘들었을 수도 있다.

우리는 살면서 무수한 선택을 해야 한다. 프랑스의 실존주의 철학자인 장 폴 사르트르(Jean Paul Sartre)가 말한 "Life is C(Choice) between B(Birth) and D(Death). (인생은 B와 D 사이의 C이다)"는 너무나 유명한 말이다. 사르트르의 말처럼 태어나서 죽을 때까지 우리들은 수많은 선택을 하며 살아야 한다.

매일 하는 선택 중 비교적 소소한 것으로는 점심 메뉴로 어떤 음식을 먹을까 하는 선택이 있다. 메뉴 선택이 얼마나 힘들었으면 한동안 중국집에서 인기 메뉴가 짬짜면이었을까 싶기도 하다. 짜장면을 먹고 싶은데 생각해 보니 짬뽕도 먹고 싶어 결정을 잘 내리지 못할 때 짬짜면은 그야말로 구세주가 된다. 둘 다 조금씩 먹을 수 있으니 메뉴 선택의 고민을 줄일 수 있기 때문이다.

얼마 전 아이스크림 할인쿠폰이 생겨 아이스크림 전문점을 방문했다. 먹고 싶은 아이스크림을 다섯 가지 종류까지만 선택할 수 있었다. 다섯 가지 종류면 다양하고 많다고 생각했으나 막상 아이스크림을 선택하려고 하니 이것도 선택하고 싶고 저것도 선택하고 싶어 한동안 망설였다. 겨우 다섯 가지 종류의 아이스크림을 선택해 집으로 돌아왔지만 아쉬움이 남았다. 가장 큰 아쉬움은 아이스크림은 건강에 좋지 않다는 걸 알면서도 참지 못하고 아이스크림을 사고야 말았다는 것이다. 할인쿠폰이 뭐길래 갑자기 생긴 할인쿠폰의 유혹을 이겨내지 못하고 사버린 것이다. 게다가 정작 새로운 맛에는 도전하지 않고 기존에 먹던 것만 선택했다는 점도 아쉬웠다. 결국 새로운 맛에 대한 도전은 뒤로 하고 궁금증만 남았다. 소소하기 그지없는 아이스크림 선택도 생각보다 쉽지만은 않았다.

우리는 일상에서 매일 선택을 하며 산다. 무슨 옷을 입을까? 무엇을 먹을까? 어디에 거주할까? 어떤 직업에 종사할까? 어떤 사람과 결혼할까? 무엇을 더 공부할까? 어떤 사람과 좀더 친해지고 어떤 사람과 좀더 거리를 두어야 할까? 개인적 시간을 무엇을 하며 보내야 할까? 이 모든 것이 우리의 선택이다.

다양성과 다원화를 추구하며 상대적 진리를 지향하는 포스트모더니즘이 대두되면서 사실상 선택하기가 더 어려워졌다.

상대적으로 너무나 다양한 가치관이 범람하고 어떤 선택이든 할 수 있는 선택의 범위가 넓어지면서 오히려 나에게 보다 좋은 선택이 무엇인지 알기가 어려워졌다. 절대적 기준이라는 것이 사라지고 나에게 맞는 기준이라는 상대적 준거에 의해 선택해야 하는데 역설적이게도 선택이 더 힘겹다.

'과연 나에게 맞는 것이 무엇일까?' '나는 누구인가?'라는 근원적 질문부터 해야 하기 때문에 더 심오하고 버거워진다. 과연 내가 누구인지 아는 사람이 얼마나 있을까? 오늘은 이게 좋았지만 내일은 저게 좋을 수도 있는 게 우리들이다. 변덕스러워서가 아니라 상황이 우리에게 영향을 미치면 환경에 지배를 받는 우리로서는 어쩔 수 없는 노릇이다.

더운 날엔 우산보다 양산을 사는 것이 좋은 선택으로 느껴지지만 비가 오는 날엔 양산보다는 우산을 사는 것이 좋은 선택으로 여겨진다. 모든 것이 불확실하고 가변적인 상황에서 선택을 해야 하기 때문에 합리적이고 완벽한 선택은 늘 어렵다.

우리가 선택을 힘들어하는 이유로 '사회적으로 부과된 완벽주의(socially prescribed perfectionism)'도 한몫하는 것 같다. 사회부과 완벽주의란 타인이 자신에게 부과하는 기대와 기준을 충족시켜야만 한다고 믿으며 완벽한 상태를 이루기 위해 노력해야 한다는 신념이다. 사회로부터 항상 높은 목표와 완벽, 최선을 당연하게 강요받기 때문에 자신의 부족함이 드러나거나 취약함이나 나약함이 노출될까봐 늘 긴장하고 불안해한다. 혹시라도 잘못된 선택을 하게 되면 타인으로부터 비난을 받거나 어리석다는 조롱을 받게 될지 모르기 때문에 두려울 수 있다. 완벽하지 못한 선택을 한 자신을 책망하고 실망하게 될지도 모른다. 그러나 이 세상에 완벽한 선택이란 없다. 선택한 당시에는 만족했을지 몰라도 시간이 지나고 나면 후회되는 선택도 있다. 잘못된 선택이었다고 여겨진 것이 시간이 흐른 뒤 오히려 전화위복이 되기도 한다.

무엇을 선택해야 할지 몰라 망설이게 되고 주저하게 된다면 그냥 감성이 끌리는 대로 따라가 보는 것도 좋을 것 같다. 왜냐하면 다양한 선택지 중에 월등히 좋은 것이 있다면 결정장애가 발생하지 않을 것이기 때문이다. 이걸 선택해도 저걸 선택해도 별다른 차이가 나지 않을 때 결정장애가 일어난다. 지나치게 완벽한 선택을 하려다 뷔리당의 당나귀처럼 굶어죽을 처지에 놓일지도 모른다. 이성적이고 합리적인 선택, 완벽한 선택을 해야 한다는 강박관념에서 벗어나면 선택이 쉬울 수도 있다. 어차피 이걸 선택해도 저걸 선택해도 결과는 비슷할 수 있다. 결정의 순간을 놓쳐 어리석게 굶어 죽지 않으려면 완벽한 선택을 해야 한다는 신화적 믿음에서 벗어날 필요가 있다. 상황 자체가 가변적으로 변화하는 불확실한 이 세상에서 완벽한 선택이란 없다.

합리적이고 이성적으로만 선택하려 하기보다 때로는 좀 멍청해 보이고 바보 같아도 그냥 끌리는 대로, 감성이 이끄는 대로 직관적 선택을 해보는 것도 좋지 않을까 싶다.

당신의 밤은 낮보다 아름답습니다

ⓒ 김은희

초판 1쇄 발행 | 2022.11.29
지은이 | 김은희

기획 편집 | 전미경
표지 내지 디자인 | Design GLO

펴낸이 | 정세영
펴낸곳 | 위시라이프
등록 | 2013.8.12 /제013-000045호
주소 | 서울 강서구 양천로30길 46
전화 | 070-8862-9632
홈페이지 | blog.naver.com/wishlife00
이메일 | wishlife00@naver.com
ISBN | 9791197647772 03810
정가 | 16,800원

이 도서는 한국출판문화산업진흥원의
'2022년 중소출판사 출판콘텐츠 창작 지원 사업'의 일환으로
국민체육진흥기금을 지원받아 제작되었습니다

• 이 책은 저작권법에 의해 보호를 받는 저작물이므로
  저자와 출판사의 허락 없이 내용의 일부를 인용하거나 발췌하는 것을 금합니다
• 파본은 구입처에서 바꿔 드립니다